물염勿染의 노래

나종영

1954년 전남 광주에서 태어났다. 교편을 잡은 아버지를 따라 함평, 장성, 강진 등으로 초등학교를 이곳저곳 옮겨 다녔다. 어린 시절 학교를 여러 곳 옮겨 다닌 탓에 여러 고을의 자연과 지리, 풍습을 체험했고, 이것이 후에 문학을 하는 데 좋은 자양분으로 작용했다. 수많은 시인, 소설가를 배출한 광주고등학교 문예반에서 활동했고, 부모님의 권유로 전남대 경제학과를 입학하고 졸업했다.
1981년 창작과비평사 13인 신작시집 『우리들의 그리움은』으로 등단했으며, 시집으로 『끝끝내 너는』, 『나는 상처를 사랑했네』 등이 있다.
1980년대 초 광주민중문화연구회와 도서출판 광주의 창립에 주도적으로 관여했고, 광주·전남작가회의, 순천작가회의의 출범을 이끌었다. 또한 2005년 9월 광주·전남 지역 최초의 종합문예지 『문학들』을 지역 문인들과 함께 창간하고 지금까지 통권 76호를 발행했다. 한국작가회의 부이사장, 한국문화예술위원회 위원을 역임했으며 현재 조태일시인기념사업회 부이사장으로 있다.

e-mail | najoy1@hanmail.net

물염勿染의 노래

초판1쇄 찍은 날 | 2024년 9월 5일
초판1쇄 펴낸 날 | 2024년 10월 1일

지은이 | 나종영
펴낸이 | 송광룡
펴낸곳 | 문학들
등록 | 2005년 8월 24일 제2005 1-2호
주소 | 61489 광주광역시 동구 천변우로 487(학동) 2층
전화 | 062-651-6968
팩스 | 062-651-9690
전자우편 | munhakdle@hanmail.net
블로그 | blog.naver.com/munhakdlesimmian

ISBN 979-11-91277-97-5 03810

물염勿染의 노래

나종영 시집

문학들

시인의 말

시집 원고를 넘기고 나서 민족의 영산靈山 백두산 천지를 보러 갔다. 물론 만주 항일투쟁의 역사 현장과 조국의 독립을 위해 온몸을 바친 홍범도 장군, 안중근 의사 그리고 윤동주 시인의 발자취도 함께 보기 위해서이기도 했다.

오랜만에 시집을 엮으면서 내 자신이 시인으로서 시인의 길을 잘 걸어왔는가? 시를 잘 살아왔는가? 하는 점을 돌아보고 반성과 성찰의 시간을 갖고 싶기도 했다.

그동안 나는 그냥 시를 쓰는 사람보다도 한 사람 '시인'으로서 시대를 살아오기를 염원해 왔다. 사물과 사람에 대한 사랑, 겸손, 겸애와 더불어 이 훼절의 시절에 세속에 물들지 않는 시인이 되고 싶었다. 내 글이 시대와 세상 앞에 '물염勿染의 詩'이기를 갈구해 왔던 것 같다.

부끄럽지만 이 시집이 더불어 사는 세상, 사람다운 세상, 더 좋은 세상을 꿈꾸는 사람들과 서로 나누며 함께 읽히기를 바란다.

지난 역병의 시절 별이 되어 가신 어머니와 시를 쓴다

는 핑계로 소홀히 사는 나를 뒤에서 묵묵히 배려해 준 아내와 가족들에게 고맙다는 말을 전하고 싶다.

이 어려운 시기에 시집을 발간해 준 문학들 출판사와 내 삶의 길에 도움을 주신 모든 분들께도 감사의 말씀을 드린다.

아직 '길은 멀어도' 저기 무등 너머 새벽 동이 트는데 무엇을 망설이랴.

2024년 가을

나종영

차례

제2부 편백 숲에 들다

제3부 무등산은 어디서 보아도

제4부 어머니와 초승달

제5부 길은 멀어도

제1부 물염의 시

얼레지

이것이 사랑이라면
가만히 무릎을 꺾고 그대 앞에
눈물을 훔치리
이것이 그리움이라면
그대 눈빛 속에
남아 있는 저녁 물빛으로
마른 가슴을 적시리
사랑은 그것이 사랑이고자 할 때
홀연 식어서 가을 잠자리처럼 떠나가므로
나는 깊은 새벽 산기슭에
한 잎 붉은 얼레지로 피어나겠네
이것이 사랑이라면
그대 앞에 꽃잎의 그늘을 어루만지는
시린 물방울,
그것의 침묵이 되겠네.

청죽青竹

하늘을 향해 곧게 뻗어 있는
빈속의 대나무도

몇 번은 둥글게 휘어져야
제 몸의 마디를 지킨다

그 청절한 마디마디의 힘으로
불의에 꺾이지 않고

땅속 깊이 뿌리를 뻗어
비로소 한 생명을 피워 올린다

저 산이 울면 대나무는 죽창이 되고
저 강이 울면 어린 죽순도 화살이 된다.

물염정*에 가서

그대는 바람 소리를 놓아두고 떠났다
하얀 눈길 위로 발자국 하나 없어도
그대 가는 길이 훤히 보여 눈이 아프고 시리다
물염정 적벽 소나무에 눈꽃이 일고
강물이 멈춘 어두운 시간에
그대는 홀로 어디쯤 닿아 있는가?
훨훨 버리고 떠난 그대가 남겨둔 솔바람 소리
저 단애를 비껴간 세월은 아직 눈썹달마냥 남아 있는데
흩어지는 눈발을 뒤로하고
그대는 오늘도 어느 길 위에서 뒤척이는지
세상 어느 것에도 물들지 않는 물염적벽에
그대는 칼끝을 세워 청풍 바람 소리를 새기고
쇠기러기 떼 지어가는 새벽하늘
강물은 굽이굽이 떠나간 그대 흰 옷자락을
혼신의 힘으로 붙들고
멀리 하나둘 등불 켜진 마을
언 강둑 위로 맨발을 끌고 가는
그대의 마지막 잔기침 소리가 들린다.

* 물염정(勿染亭) : 화순 이서 물염적벽에 있는 정자

물염의 시

시인아
시를 쓰려거든
시를 그대가 쓴다고 생각하지 마시라

시는 밤하늘의 별빛과 들판의 바람 소리
강가의 돌멩이와
산 너머 구름의 말을 빌린 것이다

시인아 시를 만들지 마시라
시는 한줄기 아침 햇살, 붉은 저녁노을
시린 달빛의 언어가
어린 풀벌레와 짐승의 피울음 소리를 넘어
가까스로 오는 것이다

시는 어두워지는 숲속
날아가는 산새들이 불러주는 상흔傷痕의 노래
나지막한 그 숨결 그 품 안에서
살아오는 것이다

시인아
그대가 진정 시를 쓰려거든
지상의 모든 시를
새벽 눈물 메마른 소금호수에
다 흘려버린 후

가난한 세월에도 물들지 않는
물염勿染의 시를 새기시라.

다시 매천을 읽다

시월 남실바람에 물비늘 치는
저수지 둑에 홀로 앉아
매천 시편을 읽는다

저만치 소나무 숲 아래 초당에서
매천은 벗들과 밤새워 바둑을 두고
마지막 술잔을 주고받았을까
초승달도 기울어 어두운 새벽
선생은 절명시를 짓고 나라 잃은 울분에
아편 부은 독배를 들었으리라

인간 세상에 글 아는 사람 노릇하기 어렵다던*
옛 선생도 절의를 지키려 목숨을 버렸건만
세상은 꺾이고 어지러운데
시인들은 죽고 말장난 거짓 시들만 넘쳐
푸른 대나무도 고개를 떨구나 보다

사람도 시대도 훼절하는데

언제까지 오지 않는 낡은 버스를 기다려야 하는 것일까
저물어 안개 내려앉는 물가에 앉아
맨가슴을 다지며
다시 매천을 읽는다
시편을 넘기는 손끝이 아리다.

* 매천 황현이 망국의 울분에 자결하던 날 새벽에 썼던 절명시의 한 구절

꽃의 여행

돌아오는 꿈을 안고
길을 떠나네
무엇을 얻기 위해서가 아니라
내 몸 안에 모든 것을 비우기 위해
먼 길을 떠나네

꽃이 피는 날 눈시울 붉었던 것처럼
꽃이 지는 날 눈물이 났네
함께 울었네
멀리 있는 사랑과 함께
그리운 것들은 내 생의 뒤란에 있고
기다리는 것들은
물가 나무에 기대어 홀로 서 있네

다시 돌아오는 꿈을 위해
길을 떠나네
꽃이 피는 날 떠나간 사람
꽃이 지는 날에도 오지를 않네

내 안에 모든 것을 지우기 위해

꽃은 절정絕頂에서 피고
꽃은 절명絕命으로 지네.

꽃은 상처다

꽃은
이 세상의 모든 꽃들은
상처의 다른 모습인지도 모른다

꽃은
꽃잎의 이면에 비밀스레 감추어진
눈물샘과 아린 상처로 인해
꽃들은 더 아름다운지도
모른다

상처가 많아야 더 진한 향기를 내뿜는
못난 모과나무도
지나가는 어느 누구도 눈여겨보지 않는
하찮은 고욤나무 한 그루도
지난 시절 정말 눈부신 꽃을 피워냈으리

지금 피어나는 모든 꽃들은
우리가 이겨내지 못한

상처의 다른 표현인지도 모른다
꽃은.

깡통

너무 많이 망가졌구나
찌그러지고 뭉개지고 뒤틀려 너무
멀리 나앉아 지쳐 있구나
누군가 구둣발로 냅다 질러대었구나

어둔 골목 한 곁에 처박혀 있는 너를 보고
한심한 놈 비웃음을 흘리지만
너는 네 몸 안에 있는 모든 것을 게워 내느라
찬 바닥에 엎어져 울고 있구나

은박銀箔의 영혼이여,
한세월 썩지 않고
살아 있다는 것은 속이 텅 비어 있다는 것
네 안에 남아 있는 푸른 공기로
내가 살아 있구나.

삼보일배

삼보일배는
목숨을 내놓고 하는 생불의 몸짓이야

무릎의 골수가 흘러나와도
그대, 그 자리에 오체투지로
길을 만드는 거야

새로운 길을 위해 문득 목숨 줄을 내놓는다는 것
그대 사지를 사나운 독수리가 갈기갈기 쪼은다 해도
가슴에 평화를 담는다는 것,
나보다도 다른 한 삶의 세상을 위해
한 그루 나무를 심는다는 것,

그 나무 밑동에 새 생명을 위해
고요히 한 줌 재로 사라진다는 것
그것이 바로 삼보일배인 것이야.

연탄

새벽에 일어나 연탄을 간다
이렇게 뜨겁게 붙어 있는 것을 떼어놓다니
마치 뱃가죽에 칼집을 쑤셔 넣듯
연탄집게를 들어
두 개의 불덩어리를 떼어 놓으며 생각했지
사랑도 이만하면 후회가 없으리라
연탄 화덕에 십구공탄 구멍을
힘겹게 맞추면서 생각했지
어떤 뜨거움도 숨통이 트이는
통로가 있어야 타오른다고
한순간 활활 타오르는 연탄불과
어둔 골목 빙판길에 버려지는 연탄재로
운명이 바뀌는 한 생애를 보며
한 생이 또 다른 생을 이어가는 것은
내 몸 하나 육신을 불살라 버리는
일생 단 한 번의 결단이라고
한 줌의 재로 길거리의 흙이 되는 연탄은
피를 토하며 말했지

나는 스러지며 뼈를 태우는
사랑 덩어리야.

메꽃을 위하여

누군가를 사랑한다는 것이
다른 누군가에게는 상처를 주는 일이라는 것을
풀숲에 몸을 낮추어 피어 있는
너를 보면서야 알았다

누군가를 지극히 사랑한다는 일이
어쩌면 서로를 얽매고 있는 것일 수 있다는 것을
눈시울 젖은 연분홍 너를 보고서야 알았다
애써 너는 자신을 내세우지 않으면서도
스스로 넝쿨손을 뻗어 네 몸을 감고 있다
이 세상 한 몸을 던져 누군가를 사랑한다는 것은
낡은 지붕에 깔리는 노을처럼 얼마나 가슴 저리는 일이리

이른 아침 눈을 뜨면 손나팔을 모아
푸른 공기 속에 그리움을 부르는 내 사랑이여
사랑이 누군가에게 상처를 주는 것이 아님에야
어찌 사랑을 아니라고 도리질을 칠 수가 있으랴

저녁 안개 피어오르는 물가에 앉아 있는
너를 보면서야 알았다
사랑이란 보이지 않는 것을 어루만지는 것임을

무엇인가를 사랑한다는 것이
그 사랑으로 하여금 상처받는 것조차 사랑하여야 하는
것임을
키 작은 풀꽃들에게 넝쿨손을 빌려주고 자신은 몸을 낮
추는
너를 보고서야 비로소 알았다
사랑이 진정 사랑임에야
있는 그 자리, 내 안의 독毒을 풀어
스스로 자연으로 돌아가는 것이라는 것을.

별빛을 우러르다

사람이 죽으면 별이 된다는 생각으로
살아온 어린 시절이 있었다
별에서 온 어린 왕자처럼
맑고 아름다운 어느 별자리로
돌아가리라 마음먹었을 적에 내 별은 언제나 푸른 빛이었다
이제 고개 들어 하늘을 우러러보아도
저 밤하늘에 내 별은 사라지고 없다
무엇이 내 마음에 반짝이는 빛을 훔쳐갔을까
바람 불어 슬픈 산언덕에 서서
밤이 되면 돌아갈 수 있는 지상의 방 한 칸 있었으면 싶던
가난한 마음의 시간이 있었다
이제 아파트 거실의 불빛들이 너무 환하고
늦은 밤 귀가를 기다리는 아내와 새끼들이 사는 둥지도 있다
내 마음이 사소한 희망들로 채워지는 동안
내가 돌아갈 별은 빛을 잃고 소멸해 간 것일 게다

언젠가 나에게 붓을 들어 화광동진和光同塵 글귀를 써준
노스님은 산문을 나와 어디로 간 것일까
매화 향기 콧등을 찌르는 무우전無憂殿 앞마당에 서서
소금처럼 쏟아지는 별빛을 맞는다
잠시 내 곁을 떠나갔다가
소나기마냥 정수리에 박히는 무수한 별들
쓸쓸함을 넘어 내 가슴팍에 차올라
나를 어두운 풀밭에 벌렁 넘어뜨리고
멀어져 가는 저 별,
흰 그늘의 별빛들
사람이 떠나면 별이 될 거라는 믿음으로
걸어온 길이 거기 있었다.

숲

숲속에 혼자 와야겠다
소나무가 서 있으면 소나무 숲이 되고
굴참나무가 서 있으면 굴참나무 숲이 되는
깊은 산 숲에 혼자 와야겠다

오늘 하루 지은 죄를 용서하시고
내일은 손톱만큼 죄도 짓지 않게 하소서
푸른 이마를 새벽하늘에 대고
고요히 기도하는 소나무 숲속에 혼자 와야겠다

굴참나무 잎새에서 이슬방울이 떨어지고
숲속 우거진 덤불 사이를 기어가는 늦반딧불
나는 그놈 뒤꽁무니에 앉아
내 스스로 잘 모르는 죄에 대해서 물어야겠다

침엽수 눈부신 바늘잎 사이로 햇살이 쏟아진다
나는 뒤를 돌아보다 청미래덩굴에 걸려 넘어졌다
버리지 못한 무슨 허욕이 있어 뒤를 돌아다보았을까?

가까이 울음 우는 새 한 마리 없었다면
나는 일어서지 못했으리

나는 오늘 가을 숲속에 혼자 가야겠다
소나무 전나무 굴참나무가 모여 숲이 되는 숲속으로
나 홀로 가야겠다
마른 가지끼리 만나도 다시 숲이 되는
잎새 지는 숲속에서 나는 남루를 벗어야겠다.

세량지*

비 오고 안개 자욱한 날
세량지 산길에 산벚꽃 피고
물가에 산벚꽃 진다
꽃들은 사람의 눈 밖에서 피고
사람의 마음에서 진다
보라색 손톱만 한 으름꽃이
물안개를 흠뻑 머금었다
이 비 그치면 으름꽃 벙긋 터지겠다
연두가 붉은 꽃들을
당겼다 놓았다 하는 신생의 봄날
물오른 오리나무
물속에 물구나무서 있다
연인아, 너 오지 않는 동안에
세량지 물가에 수수꽃다리 피고
수수꽃다리 진다.

* 세량지 : 전남 화순에 있는 작은 호수

꽃이 진다 시인아

꽃이 진다
시인아
어제는 산벚꽃 지더니
오늘은 뒤란에 살구꽃 진다
이별은 기침도 없어 아픔인 줄 몰랐더니
꽃이 지는 아침에는 눈물이 난다
강 건너 너에게 편지를 쓴 지도 오래
가슴에 뜨거운 시 한 편 새겨 본 지도 오래
가난도 마음의 병도 한 뼘이 깊어
산 그림자 어리는 세량지에 바람이 잔데
아침에 물안개 살구꽃 지더니
저녁엔 낯익은 먼 발자국 소리,
연보라 수수꽃다리 소리 없이 진다
꽃이 진다 붉은 산 물들었던
진달래 진다
한 잎 두 잎 꽃잎 저무는 날이면
시인이 아니어도
한없이 울고 싶은
사랑아.

낙타

진눈깨비 내리는 새벽 한 시
심야버스를 타고 오다 들른
고속버스 어느 휴게소
화장실에 누군가 칼끝으로 새겨놓은
낙서 한 구절,

'인생은 홀로 깊은 고독을 가는 것이다'
진눈깨비 몰아치고
찬바람 부는 이곳을 누군가 지나갔구나

말없이 우동 국물 한 그릇으로 허기를 때운
낙타 한 마리,
깊은 외로움에
터벅터벅 어디론가 떠나갔구나.

시인이 묻는다

온몸으로 시를 써야 한다는
시인의 말이 통째로 정수리에 박힌다

훼절의 시대 진정 온몸으로 온몸으로
몸을 던지며 시를 쓰는 시인은 있는가

몸을 팔아 가난을 사는
유곽에 누워 시인은 무엇을 노래하는가
초목을 팔아 목숨을 사는
부토腐土에 앉아 시인은 무슨 피리나 불고 있는가

풀잎보다 늦게 쓰러지고
풀잎보다 먼저 몸을 일으킨 시인의 말 한마디

핏물을 토하듯 붉은 진달래 산천이 묻는다
시인이여, 너는 온몸을 던져 시를 살고 있는가

제2부 편백 숲에 들다

풀잎에게

풀잎, 네 이름을 부르면
문득 후투티 새가 생각나서 눈물이 난다
딱 한번 모습을 보여주고 어디론가 휘리릭 날아가버린
어린 날의 후투티 새,
너도 그렇게 초여름의 실바람에도
상심의 칼날에 베일 것 같아 나는 눈물이 난다
사람들은 쓰러지면 다시 일어서고
짓밟혀도 꺾이지는 않는다고
너를 꿋꿋한 민초에 은유하지만
나는 민초, 그 벌거숭이 이름만 들어도
베옷에 배인 붉은 상처를 보는 것처럼 가슴이 아리다
은사시나무 이마를 스치고 오는 바람에도 눕고
은사시나무 잎사귀의 반짝거림에도 일어서는
풀잎, 네 이름을 부르면
불현듯 떠나간 후투티 새가 날아와 맨가슴을 쪼고
내 몸은 나도 모르게 풀잎, 풀잎,
후투티 울음소리 같은
녹야綠野의 휘파람 소리에 몸을 떤다.

편백 숲에 들다

편백나무 숲에 들었다
묵자墨子의 걸음걸이로 묵묵히 걷다가
하늘을 보니 편백향이 온몸을 휘감는다
편백 숲에 와서는 걸음걸이 하나 바람 소리 하나로
더불어 가난을 나누는 옛사람을 만날 수 있다니
정수리에 차르르 부챗살처럼 햇살이 쏟아져
떨림, 그 소리가 초록 이파리를 하염없이 흔든다
이내 마음 환해지는 숲속에 누우면
머리끄뎅이도 잘코사니도 어처구니도
허수아비도 생각나지 않는다
이런 무량의 세월이라면 길 위에 어느 누가
헤매이다 허방을 짚겠는가
편백 숲에 들었다가 다시 숲 밖으로 나가면
모리배 청맹과니 멍텅구리
야바위가 득실거리는 세상이겠는데
바랑을 짊어진 묵자의 발걸음으로
편백나무 숲을 걷다가
흰 이마에 찬 이슬방울이 뚝 떨어져

떨림, 그 파장에 내 온몸이 얼어붙는다
편백향이 차르르 온몸을 휘감는
편백나무 숲에 들면

나무의 눈

가끔 나무의 상처가
나무의 눈이라 여겨질 때가 있다
상처 깊은 곳에 옹이가 박혀
그대의 숨소리를 듣는다
나무가 잠에 드는 깊은 밤
어둠 속에서 반짝이는 나무의 눈을 보러
물 건너 자박자박 자작나무 숲으로 간다
깊이를 알 수 없는 상처에도
그대의 심연을 응시하는
나무의 눈은 따뜻하다
나무는 그대가 흘러온 천년의 긴 시간
강물의 뒷모습을 본다
오늘 강물에 비껴간 슬픈 노을은
그대 상처의 오랜 고백이다.

나무의 길

나무와 나무 사이에도
길이 있다
나무숲을 바라볼 때는
보이지 않던 길들이
바닥에 몸을 낮추어 나무를 우러러보니
나무와 나뭇가지 사이 그 틈새로
길이 보인다
그 틈새 길에 구름이 지나가고
새가 날고 노랑매미꽃 향기가 피어난다
나무와 나무 사이에도
숨통이 드나드는 길이 있다
아침에는 보이지 않던 천년의 길이
저녁 햇살 뉘엿뉘엿한 잎사귀 사이로
물비늘처럼 반짝여 보인다
나무와 나무 사이 그 떨어진 거리만큼
어린 천사가 편백향을 뿜어내는
굽이굽이 바람의 길이 있다.

초록 숲길

푸른 하늘만 우러러도
마음은 깊어 가파른 물살인데
연초록 신록의 숲길이라니
통째로 너에게 나를 맡길 수밖에 없구나
잎 속의 입술을 내밀며 옹알이하는
오월의 층층나무 숲 아래에서
눈부심은 어디에서 오는가 아찔한 현기증으로
한참 눈을 뜰 수가 없구나
고통은 고통인 채로 슬픔은 슬픔인 채로
삶의 길 그 자체가 눈부심인 것을
어찌 안락을 위하여 한 마리 풀벌레인들 숨을 거둘 것
인가
저기 산벚꽃 핀 자리에
하얀 쪽동백도 피고
회억의 노랑 피나물도 피고 또 저물었으리
황톳길만 보아도 마음은 피멍인데
어찌 너덜겅 골짜기 계곡 아래 붉은 찔레꽃이 피었던가
일생을 너에게 맡기고 나의 길을 가리

내 작은 몸뚱어리로는 숲의 영혼을 알 수가 없어
다만 수런거리는 나뭇잎 소리와
싱그런 바람 소리와 부서지는 햇살과
온몸을 감싸오는 흙냄새와
맑은 물속을 유영하는 눈쟁이 떼들
연초록 신록의 숲길에는 생명 있는 것들이
더불어 살아 있으니, 나의 존재는 없고
통째로 너의 깊은 그늘에
나를 맡길 수밖에 없구나.

푸조나무가 나에게

푸조나무는 말한다
태풍이 지나간 마을에 와서 태풍을 묻지 말라고
푸조나무는 상처가 채 아물지 않은
나뭇가지를 흔들며
상처의 근원과 상처의 미래에 대해서 묻지 말라고
푸조나무는 이따금 지리산 들르는 길에
세이암 바람에 귀를 씻어대는 나에게 묻는다
다시는 여기 편안한 반석에 앉아
입산한 사람들의 혼백에 대해
함부로 이야기하지 말라고
수백 년 아름드리 푸조나무는 말한다
고작 나이테를 세어 역사의 순환을 노래하지 말라고
지리산 범왕리 빗점골 가는 길에
세월을 이기며 버티고 서 있는 푸조나무는
허연 몰골을 한 지천명의 나에게 묻는다
인간의 마을에도 역사로 가는 바른길이 있냐고
사람의 동네에도 태풍 뒤의 저 계곡,
휩쓸고 뒤집어져 넘쳐흐르는 강물처럼

진보의 힘이 있기는 있냐고
푸조나무는 천년 침묵의 바위에 발이 얼어붙어
어둠 속에 망연히 서 있는
나의 가슴팍에 가차 없이 한 마디 화살을 꽂는다
수백 년 고목을 베어 인간의 마을에
집 한 채 지을 생각은 꿈에도 하지 말라고
인간의 땅에 깊은 뿌리를 박고 서 있는
푸조나무 그 신목 아래에서 나는
나 자신을 휘감고 있는 뿌리의 근원을 캐묻는다.

직소폭포

몸을 던지고 싶다
네 앞에 서면
명주실 같은 물소리를 안고
수직으로 낙하하는
저 장엄한 비명을 달려가 포옹하고 싶다
직소폭포, 네 앞에 서면
다 벗어던지고 벌거숭이가 되고 싶다
너는 너의 생애를 찰나의 순간으로
밀어 올려 붉은 노을로 타오르게 하지만
내일로 가는 나의 시간은 멈추어 있다
명주 실오라기 한 올 걸치지 않는
네 투명한 영혼에 그믐달 눈썹 하나 걸어두고 싶다
물줄기에 젖고 젖으면
비로소 몸은 자연으로 돌아가는 것인가?
내변산 외진 산문을 넘어
서어나무 초록 궁륭을 지나면 직소폭포,
네 앞에 서서 한마디 변명도 없이
나를 버리고 싶다

모든 것 다 비우고
푸른 벼랑을 튀어 헤엄쳐 가는
한 마리 물고기가 되고 싶다.

백양 단풍

붉다, 너무 아프면 아프지 않는 거다

물속에 비치인 단풍나무도
흐르는 물소리도 오랜 그리움도
붉으디 붉다

속 깊이 아프지 않고서야
어찌 한 생애가 푸르다가 붉어지랴

쌍계루 푸른 연못 아래
무릎걸음으로 번지어 오는 핏빛 너울

너무 뜨겁고 너무 붉어서
누군가의 환생인 듯 환하다.

첫눈

첫눈은
언제나 눈부시게 온다

첫눈은 언제나 생각보다 조금은 늦게 온다
첫눈은 기다리면 오지 않고
그리움에 목마른 세상의 어깨 위에 온다

첫눈은 진눈깨비로 싸래기로 푸석푸석 애를 태우다가
아침 창문을 열면
온 마당가에 환하게 온다

첫눈은 언제나 먼 산 푸른 이마에 먼저 내린다
첫눈은 새벽 첫차를 기다리는
누이들의 머리 위에 내린다

첫눈은
해마다 슬픈 술꾼들이 잠든 밤
첫눈의 새로운 모습으로 온다
참 눈부시게, 지그시 눈을 감고 온다.

겨울 백양사에서

어느 겨울날에
나는 한 마리 버들치이었거나
얼음장 밑에서 지느러미를 흔드는
눈 맑은 빙어氷魚라도 되겠지

붉은 잎 다 떨어진 단풍나무 아래에서
게송偈頌을 외우는 나무 물고기가 되어 있겠지
찬바람 불고 느티나무 잎사귀 다 지고 난 후
그리운 사람이 오지 않는다 해도
사랑 그 아픈 이름이 멀어진다 해도
물 위에 내리는 눈송이에 손 흔드는 물풀이 되겠지

한 마리 버들치도 빙어의 지느러미도 없는 저녁
차마 눕지 못한 풀이 되어
그대에게 가는 풍경風磬 소리가 되네
산새가 물고 가는 허공의 풍경 소리,
그 너머 스러지는 은빛 물비늘이 되겠네

어느 겨울날 나는 한 마리 버들치이었거나
마른나무 가지에서 기도하는 물고기가 되리
눈 내리는 겨울 백양사
징검다리 건너 길 떠나가는 나그네의 발자국이 되리
그대 등 뒤에 비추는 한 올 햇살이 되리

월등 도화 달빛 아래

내 생에 빛나는 날들은
아직 오지 않는 날들일 것이다

어두운 구름을 장막처럼 젖히며
살아오시는 만월이여

다가올 생의 이면을
선홍빛 손톱 끝으로
오래오래 닦고 계시는
몽환夢幻의 님이시여

너의 생애에 가장 빛나는 순간 또한
미처 푸른 해벽에 닿지 못한
미래의 날들일 것이다

초승에서 그믐으로 가는
달이 차고 기우는 동안
너에게서 나에게로 흘러가는 사랑은

굽이굽이 월등 고갯길 도화桃花 달빛 아래
꽃이 피고 꽃이 질 때까지
오래오래 닻을 내리고
뜨겁게 포옹하고 있을 것이다

내 생애 너무나 황홀한 도화 달빛을 타고
나에게서 너에게로 너울너울 스며드는
저 붉고 고운 사랑의 꽃향기는

문득 구름에게서 편지가 왔다

사랑은 늘 움직이는 것이라는
그대의 말에
사랑은 언제나 변치 않는 것이라고
말해준 적이 있다

물결처럼 움직이며 그늘을 만드는
비늘구름의 사랑 앞에
지상의 바위는 묵묵히 조그만 사랑노래를 불렀다
흘러가는 구름과
뒷모습만 남긴 채 사라져간 바람을 등지며
바위는 날마다 속으로 울었다

어느 눈 내리는 날
문득 구름에게서 한 송이 편지가 왔다
사랑은 움직이는 것도
고여 있는 것도 아니라고,
다만 허공의 중심에서
채운彩雲처럼 소복소복 쌓이다가

그러다 스스로 녹아내리는 것이라고
그러다가
한세월 지나 얼음 호수가 되는 것이라고

가슴 먹먹해서
더는 견디기 힘든 하루하루가
그런 날이었다.

와온*에 와서

저 너른 와온 개펄에
무릎을 꿇고 싶다
누군가 훌치기 낚시로 내 허리춤을 꿰뚫어
짱뚱어처럼 낚아챈다 해도
나는 두 손 모아 평화를 기도하고

노을이 저문 와온마을에
푸른 새벽이 오기를 기도하고
널배를 밀며 지쳐 돌아오는 아낙에게도
자잘한 일상의 행복이 가득하기를 기도하고
다시 식구들이 돌아와 도란도란
저녁 밥상을 맞을 수 있기를 침묵으로 기도하고

이 지상에서 뜨거운 눈물의 이름으로
너무나 아름다운 노을이 지는
와온 개펄에 한세월 눕고 싶다
밀물져 오는 갯물이 발목을 찰랑이고
썰물이 내 마른 몸을 몇 번 뒤집어

바닷바람이 스며들면,
그리고 찰방찰방 오랜 시간이 흘러가면
햇볕에 반짝이는 소금처럼 내 몸도 은빛 개펄이 되겠지

저물 무렵 누군가 나에게로 와서 느릿느릿
아름다운 와온 노을을 구경하고
사랑했던 사람 가슴께에 속삭이며 약속하겠지
저 선홍빛 노을처럼
이 눈물겨운 마을에 오래오래 머물다 가자고.

* 와온(臥溫) : 순천만 해룡 바닷가에 있는 작은 포구 마을

푸른 자전거

자전거를 타고 싶다
자전거 짐발에 희망을 가득 싣고
맨발에 페달을 힘차게 밟으며
너에게로 가고 싶다
푸른 잎 물푸레나무 숲길을 달리면
자전거는 마디마디 푸른 자전거가 되고
붉디붉은 황톳길을 덜컹거리면
자전거는 붉은빛으로 물이 들어
들썩이는 엉덩이에 바람을 힘껏 밀어 올릴 것이다
은빛 바큇살에 햇살이 튀고
하얀 맨발이 보이지 않게 자전거를 몰고
까치고개를 넘어 너에게로 가고 싶다
세발자전거를 타고 숨차게 달렸던
이끼 낀 낮은 돌담과
키 작은 빨간 우체통이 서 있던 서내동 고샅길
다독이며 함께 살아가는 사람들이 있어
면면한 아픔도 영산강 강물 따라 씻겨가던 마을
지금은 흔적조차 없는 내 마음 고향집을 찾아

느릿느릿 너에게로 가고 싶다
푸른 모자 차양을 돌려쓰고
짐발에는 누비이불 같은 행복을 싣고
너에게로 아름다운 모습으로 가고 싶다
저물 무렵 일몰의 노을 속으로
은빛 자전거 하나 하염없이 바퀴를 굴리며 가고 있다.

설야雪夜

눈 내리는 밤
돼지국밥도 반병 소주도
그리운 사람도 오지 않는 밤
다정큼나무에도 느티나무에도
빨간 열매 매달린 팥배나무 옆
소나무 굽은 등허리에도 눈이 쌓이고
이야기하는 동무도
골목을 휘젓는 길고양이 발자국 소리도
늙은 어머니 기침 소리도 잦아드는
눈 내리는
눈 내리는 밤
오지 않는 아버지의 놋주발이
아랫목 이불 속에서
송이눈처럼 발가락을 간지럽히는 밤

군밤

참 따뜻하네
눈 내리는 골목길 담벼락에 서서
한 봉지 군밤을 건네받은 연인이 하는 말입니다
그 말 한마디에 군밤을 건네준
청년의 마음은 연탄불처럼 뜨겁습니다

참 따뜻하네

담장을 타고 온 그 말 한마디에 고개를 내밀고
눈 내리는 골목길을 봅니다
군밤을 나눠 먹으며 팔짱을 끼고 가는
젊은 연인들의 뒷모습에 대고 나도 한마디 합니다

눈이 내려서 세상이 참 따뜻하네.

새벽의 詩

내 시가
너의 가슴에 가닿을 수 있을까?

바람이 미루나무 잎새를 어루만지는 것처럼
흰 배추벌레 한 마리 그 영혼을 흔들 수 있을까?

내 시가
쓸쓸한 한 평 방
독거노인의 고독한 그늘에
작은 위로의 종소리가 될 수 있을까?

내 시가
저 지평선 넘어
노을 지는 하늘호수처럼
잔잔한 평화를 담을 수가 있을까?

아무것도 아닌 내 짧은 시가
나의 조국 한 줄 역사의 무엇이 될 수 있을까?

내 가슴에 타오르는 붉은 사랑
새벽 두 시에 쓰는
나의 詩.

선암매*

은목서나무에서 새가 울고 있더라
무우전無憂殿 기와 담장 너머로
노을이 지고, 산그늘 어둠이 내리고
운수암 가는 길 선암매 피지 않았더라

오래된 사랑이란 보여주지 않는 것
한 잎 붉은 사랑도 언젠가 늙은 등걸에 드문드문 피는 것
굽이굽이 길 위에 산수유 피고

길 너머 길가에, 노란 생강나무도 피어
마음이 비어 있는 내 사랑아

그대 그윽한 꽃향기 같은 봄바람은 깊은 향 차밭을 돌아
하현 달빛에 젖고
은목서 나뭇가지에서 이름 모를 새가 울고
꽃망울 머금은 선암매 아직 피지 않았더라

* 순천 선암사에 피는 수백년 된 토종매화로 이를 선암매(仙巖梅)라고 부른다.

제3부 무등산은 어디서 보아도

눈길

아무도 가지 않는 눈길을

차마 가지 못합니다

짐승의 발자국도 묻혀버린 설원에

외로운 발걸음 하나 내디딜 수가 없습니다

모든 길이 사라지고

하얀 깃발처럼 스스로 뒤집어 펄럭이는 길이

역사 앞에 저리 눈부실 수가 없습니다.

무등산은 어디서 보아도

무등산은 송정리에서 광주로 들어가는 길목
자운영 흐드러진 극락강 장암벌판에 서서 보아야 가장
눈부시다

무등산은 진달래 필 무렵 사직공원 전망대에서
뾰쪽한 조선대학교 하얀 건물을 지우고 봐야 가장 아름
답다

무등산은 5·18 구묘역 김남주 시인 묘에 절을 하고
몇 걸음 나와 출렁이는 이팝나무 잎사귀 사이로 봐야
가장 처절하다

어머니 젖무덤 같기도 하고, 떼주검이 켜켜이 쌓인 커
다란
뫼똥 같기도 하고, 거대한 신목神木의 뿌리 같기도 한
무등산은
화정동이나 금남로에서 도청광장 쪽으로 어깨동무를
하고

만년설 같은 첫눈을 머리에 인 영봉靈峰을 바라볼 때 가장 장엄하다

무등산은 한마디로 광주 어디에서 보든, 전라도 땅 어디에서 보든
무등산은 무등산이고 무등산은 사시사철 언제나 무등답다.

호남 들판을 지나며

눈 내리는 저 들판의 이름을
누가 고이 지어냈을까?

익산, 전주, 임실, 오수, 남원
곡성, 구례구, 괴목, 순천, 덕양, 여수
땀 흘려 아름다운 사람들이 사는
비산비야의 이름들이다

벼가 고개 숙이고 익어가던 눈부신 황금들판이다
어둠이 내리면 별이 뜨고
지평선 너머 시대의 한복판을 걸어갔던
눈빛 형형한 한 사내가 떠오른다

저 마른 들판 타오르는 불길 속으로
걸어갔던 사람, 봉준이도
껍데기는 가라 외쳤던 젊은 시인도
아편을 털어 넣고 순절한 매천도
저 눈발 내리는 들판을 밟고 앞서갔으리

어둠 속 불빛 깜박이던 저 산하 뜨거운 이름들을
목 놓아 부르고 불렀으리
검정치마 흰 저고리 댕기머리 열다섯 어린 처녀도
빼앗긴 봄 언덕에 달려가 만세 만세 만세 소리를 외쳤으리

손금처럼 핏줄처럼 굽이굽이 들판을 따라
사람들이 살아가는 땅
누가 이 고운 이름을 죽도록
다 살아냈을까?
대전, 논산, 강경, 함열, 김제, 정읍
장성, 송정, 나주, 영산포, 함평, 무안, 몽탄, 목포
그리고 광주

아! 그리운 호남 들판의 이름들이여
천년을 더불어 살아
숨결 소리조차 아름다운 사람들이여.

긍갑다

알아봉께 긍갑다

들어 봉께 긍갑다

가만히 혼자 생각해 봉께

긍갑다, 긍갑다, 긍갑다 하고

쥐 죽은 듯이 살아라

긍갑다, 긍갑다, 긍갑다

세 번의 피맺힌 외마디

소리를 내지른 만적萬積은

육철낫을 들어 긍갑다의 목을

사정없이 내리쳤다

낫을 든 수백 명

만적의 명치 끝에서

피가 거꾸로 솟구쳤다.

오늘 역사를 빼앗긴다 해도

분노에 치를 떨어 잠이 오지 않는다
교과서를 바꿔도 역사는 앞으로 가고 기억은 남는다
강물의 경전에 먹물을 뿌린다 해도
아침이면 강물은 맑아지고
역류의 물고기는 내일을 향해 솟구치리라
분노에 치를 떨어 잠에 못 들면
잠 못 이루는 사람들이 모여
횃불을 들어 새벽을 만들고 맞이하리라
교과서를 바꿔도 역사는 기록되고
기억은 오래오래 남아
내일이면 아이들의 책 읽는 소리가
교실에 가득 차리라
책이 없으면, 책을 빼앗기면
나무에 나뭇잎에 우리의 정신을
우리의 역사를 바르게 새기리라
하늘이 보고 땅이 보고
살아 있는 사람들이 모여 있는
광화문 광장에 피를 토하듯

나의 모국어,
진실의 시를 새기고 또 새기리라.

촛불

수많은 사람들이 지나간 먼 지평선 위에

수많은 별빛들이 떠오르던 푸른 강물 위에

수많은 세월이 엉키어 간 어머니 맨가슴 위에

수많은 비바람이 쏟아지던 검은 골짜기에

수많은 여윈 어깨들이 기대고 가는 저 광장에

수많은 여행자가 넘나들던 산마루 길에

수많은 들불이 타오르던 피눈물 벌판 위에

타오르네
붉은 역사가 타오르네

큰북을 치며 징 소리를 깨뜨리며

촛불이 타오르네 타오르네
횃불이 타오르네

한 사람 눈물 한 방울이 만인의 함성이 되네.

눈물밥

눈물이 밥이다
눈물을 흘리면서 먹는
밥은 곧 눈물이다

밥이 눈물이다
하루 밥을 먹기 위하여 서른 번의
눈물을 흘려야 한다면
눈물은 곧 밥이다

눈물이 귀한 세상
밥을 먹으면서 웃는 세상
웃으면서도 밥을 먹는 세상

그런 세상이 왔으면 좋겠다
두레밥상 가에 둘러앉아
웃으면서 먹는 온 세상의 고봉밥이여

눈물로 먹는 밥이

촛불이 되고 민주주의가 되고 평등이 되고
유모차를 밀고 가는 평화가 되는 세상

눈물이 밥이다
광화문 광장 구석에서 차가운 맨밥을 삼키던
아우여
밥이 곧 세상이고
사람 냄새 넘치는 자유의 길이다

밥을 씹으면서 걷는
눈물의 길이여
가슴 뜨거운 세상의 사랑이여

하심下心

우수수 우수수
지상으로 노란 은행잎이
낮은 데로 낮은 데로
내려오는데 어디선가 하모니카 소리가 들렸다

노란 물결들이 성난 파도처럼
정수리에 박히다
뺨을 후려치고 가는데
희미하게 하모니카 소리가 들렸다

연대파업 노동자들이 시위를 끝내고
허탈한 몸으로 밀려온 전철 안
몸도 움직일 수 없는 땀내 나는 틈새로
하모니카 소리가 들렸다
앞 못 보는 맹인 사내 하나이
어린 딸의 손목을 꼭 잡고
환영처럼 느릿느릿 지나갔다

천상에서 지상으로 노란 은행잎이
우수수 우수수 몰려오는데
어느 섬돌에선가 어미를 찾는
새끼 땅강아지 울음소리가 설웁게 들렸다.

비비추 꽃밭에 잠이 든 사람

나는 네가 한 마리 새인 줄 알았다
비비추, 네가 한 마리 작은 새의 이름이라면
마치 내가 좋아하는 고향집 순이
그런 따스한 이름이겠다

비비추, 나는 네가 허공을 가르는
한 잎 춤꾼인 줄 알았다
푸른 무대 위로 연보랏빛 꽃대가 흔들릴 때
절정을 향해 뛰어오르는 천상의 발레리나

하지만 지금은 슬픔이 어둠보다 더 깊다
한 마리 어린 새도 날아가고 없는
비비추 꽃밭에
아침까지 잠이 든 노숙자 한 사람
그 곁에 빈 소주병과 먹다 남은 새우깡
남은 인생을 구겨 넣은 낡은 배낭 하나

나는 차마 네가 갈 곳 없는 사람들의

하루를 덮어주는 마지막 희망인 줄 몰랐다

네 모습은 아름다워도 네 마음은 참 아프겠다
어떤 비바람에도 흔들리지 마
비비추, 너의 품에 겨우 잠든 누군가
잠이 깰지도 모르니까
바람은 늘 이별처럼 슬픔의 끝에서 불어오니까.

황금달걀

부활절 밤이었다
사람들이 미사를 마치고 무지개색 예쁜 달걀 바구니를 가슴에 품고
집으로 돌아가는 봄날 밤이었다

산비탈에 얼레지도 피고
공원 길가에 마가목 새잎이 새록새록 터지는 밤이었다
별빛들이 강물에 쏟아져 사람들도 마냥
애기꽃사슴처럼 뛰어다니고 싶은 날이었다

깊은 밤이었다 전철이 한강을 지나
타워펠리스가 있는 강남으로 가는 늦은 밤이었다
차림이 꾀죄죄한 노숙자 한 사람 자리를 잡자
옆 사람이 일어서 자리를 옮겼다
그 옆 사람도, 그 옆 사람도
손으로 코를 움켜잡은 채 자리를 떴다
봉두난발에 때 절은 잠바에 흙 범벅인 운동화에
터지고 때꼽 낀 손톱은 길어

손톱 끝 부분만 삭월朔月처럼 빛나던,
이 지상엔 갈 곳이 없어 길 위에서 잠을 자는 이웃 사람이었다

금방 요한복음 한 구절 암송하고 나온
백합 향기 그윽한 부활절 밤이었다
생명과 부활을 상징하는 황금달걀을
가슴에 안고 행복한 얼굴로 집으로 돌아가던 밤이었다

그레고리오 성가가 담장을 타오르던 성벽의 교회
골짜기 빈 무덤의 부활은 믿지만
아직 살아 있는 사람, 지상에 방 한 칸 없는 가난한 사람은

길가에 짓밟힌 꽃잎마냥
한순간도 용서할 수 없는
달빛도 기울어 하현下弦으로 가는 슬픈 봄밤이었다.

새벽 세 시의 여자

늦가을 찬비 내리는 강남역 계단에 서서
한 움큼 돈다발을 세고 있던 여자
죽전행 마지막 버스도 끊기고
포장마차도 파장인 새벽 세 시
몸을 가늘게 떨며 돈을 세던
젖은 가랑잎처럼 슬픈 얼굴의 여자
취객들이 갈지자로 내려가는
어두운 지하도 계단에서
자꾸자꾸 뒤돌아보게 하던,
알록달록 핸드백을 추스르며 힐끔
쳐다보던 빼드렁니 희붐한 여자
깊은 밤이면 숨죽여 판금 서적을 읽던 어둔 시절
차마 하룻밤 사랑도 못한 채
날려 보냈던 내 어린 날의 추억처럼
불안한 모습으로 흐린 불빛 속으로 사라지던,
아직은 푸른 이끼가 가슴에 고여 있을 듯한
스물여덟 아니 서른쯤의 여자
마지막 돌층계에 돌아서 있는

내 마음을 가랑잎처럼 서걱서걱 밟고 가던
새벽 세 시,
늦가을 울음 우는 한 마리 어린 풀벌레이었을
나,
그리고 전생의 그 여자

사월이 오는 팽목항

꽃물이 밀물져 오는 사월의 팽목항
저 바다를 지나 서쪽으로 서쪽으로
맨발로 물 위를 걸어가면
죽음의 맹골수도에 가닿으리
304 천사들의 목숨을 앗아간 어둠의 바닥이여
아직도 차가운 바다에
서른여섯 달을 갇혀 있는 아홉 영혼이여
미안하고 미안하다
손잡을 수 없어도 그대들을 잊지 않고 있음을
기억해다오
못나고 못난 이 나라를
어리석고 어리석은 이 땅의 어른들을
용서해다오
거짓 눈물로는 위로할 수 없는 시간의 역류가
얼마나 잔혹한 역사인가를
결코 용서하지 말아다오
노란 꽃잎도 지고 붉은 꽃떨기도 떨어지고
아직도 찬바람 밀물져 오는 사월의 팽목항

물속을 기어 서쪽으로 서쪽으로
피투성이 지느러미를 저어 가면
노을도 지쳐 누워버린
텅 빈 흰 바다,
어느 누구도 감히 눈을 뜨지도
눈을 감을 수도 없는 어둠의 바다
시간이 멈춰버린
그 붉은 호수에 가닿으리.

다시 촛불을 켜자

오늘은 내일을 기억하고 싶은 이름
허나 잘못된 어제는 나쁜 오늘이 된다
언제나 인간은 인간에게 악마였던 것
가끔 악마는 촛불 앞에 천사의 얼굴을 한다
다시 촛불을 켜자
악마는 골짜기에 또아리를 틀면
순식간에 희망을 삼켜버린다
지상의 가난한 방 한 칸의 행복과
기도하는 시간의 짧은 평화도
가면을 쓴 악마는 법과 집행의 이름으로 앗아가버린다
배고픔에 허겁지겁 밥숟갈을 뜨는 동안
달콤한 순간의 유혹에 입술을 적시는 동안
악마의 발톱은 언제나 천사의 날개 밑에 숨어 있다
내일은 오늘에게 질문하는 시간
그러나 비겁한 오늘은 사악한 내일이 된다
절벽에 어둠이 오면 새벽을 부르자
우리 살아 있는 자의 생명으로
다시 촛불을 켜자
당당히 촛불을 들자.

들불

세상을 불태워야 새로운 세상이 온다
불망우리 돌리며 들판을 달리던
그리운 얼굴아
달집을 사루어 이웃의 안녕을 빌던
마음 선한 사람들아
새로운 새벽을 위하여 너는 밑불이 되고
나는 숯불이 되자
너와 나, 우리 손에 손을 잡고
어깨와 어깨를 기대고
어두운 세상 꺼지지 않는 광장의 촛불이 되자
세상을 바꾸는 횃불이 되고
요원의 들불이 되자
불꽃은 타오르고 강 건너 휘영청
둥근 달이 밝아온다
산마루 너머 뜨거운 바람이 분다
새벽은 세상을 불태우고 지나간
들불의 화엄 잿더미 속에서 온다.

와온바다

가만히 누워 있어도 뜨거운 바다
노월蘆月 달빛에 뒤척이며
청동의 쇠울음을 우는 바다
저물면서 저물면서 붉은 영혼을 적시는 바다
수만의 동백꽃 생모가지 후둑, 후두둑
물결에 스미는 일몰의 바다
물 건너 고개 넘어 총소리 북소리 사납게
들려왔던 신월리 산비탈
흐린 별빛 아래 발자국 소리
어지럽게 흩어졌던 갈망의 바다
앵무산에서 봉화산으로
불무골 지나 벌교 읍내 쪽으로
시월의 뻘밭을 낮은 포복으로
백 리 길을 밀고 가는 피투성이 바다
갈대숲에 달 뜨는 늦가을이었다가
눈발 내리는 겨울이었다가
봄날 희망의 풀꽃으로 다시 살아오는
와온,

가만가만 가슴으로 불러 보는 어머니
그 뜨거운 이름의 바다.

밥

밥은
따뜻하다

어머니가 지어준 밥이 따뜻하고
식구들이 둘러앉은 저녁 밥상에
아버지의 이야기가 따뜻하고

아버지의 말씀을 귀담아듣고 있는
아들딸들의 둥근 얼굴이
평화롭다

모든 둥근 것들은
막 싹을 틔우는 씨앗처럼 뭉클하고
손안에 진흙처럼 몽실몽실한 그것은
이 세상 가난한 것들을
연꽃으로 살아 숨 쉬게 한다

밥은

둥글게 모여 앉아 도란도란
함께 나누어 먹을 때

오래오래 따뜻하다
밥은

저 환한 동백

빛고을 광주의 새벽은 무등에서 떠오른다
새벽의 도시 광주의 뒷골목
금남로나 망월동, 사람들이 모여 눈뜨는 거리
그 어느 곳에서나 너는 늘 누구보다 먼저 와 있다

오늘도 너는 허름한 역전 국밥집에서
텁텁한 막걸리 한 잔 걸치고
저문 강물 소리로 누군가 그리운 사람을 부르고 있다

엄니, 뒤란 텃밭에 감잎이 눈부시고
봄 상추가 막 올라오네요
엄니는 그 세상에 잘 계시지라우
나도 잘 지내지라우

너는 무엇인가 그리울 때 한 잔의 술을 마신다
나도 누군가 보고 싶을 때면 한 잔의 술을 꺾는다
막술 두어 잔에 고독한 심장은 뛰고
순간 이 땅에 잠 못 이루는 꽃잎은 핀다

사람들 묵묵히 걸어가는 길모퉁이
낮게낮게 깔리는 새벽안개 너머
붉은 동백은 피고, 어둔 산그늘에 퍼지는
저 환한 빛,

언제나 광주의 태양은 무등에서 떠오른다
동트는 아침, 혁명이 지나간 거리
그대가 남몰래 삼키며 흘리는 눈물 몇 사발이
진정 꽃눈 틔우는 봄비에 섞여 있다.

무등산

고개를 들어 무등을 본다
말 없는 저 산은 어젯밤에도 울었다
눈을 뜨면 새벽 골짜기를 내려와
따숩게 이마를 짚어주던 무등은
광주의 어머니다

고개를 들어 무등을 본다
침묵의 저 산이 오늘 아침 다시 일어섰다
이 땅의 자식들이 피를 흘리던 날이면
바람재를 넘어와 가슴을 쓸어주던 무등은
전라도의 어머니다

옷깃을 여미고 무등을 바라본다
저 산은 눈부신 산정山頂에 서서
얼음꽃을 깨고 날마다 쇠북을 친다
이 땅이 흔들리고 바위가 부서지는 날이면
저 넓고 큰 북이 밤새워 울고 또 울 것이다

무등은 겨레의 젖무덤,
아, 무등산이여!
이 나라의 어머니여!

제4부 어머니와 초승달

찔레꽃

비가 오는 데 찔레꽃
바람 부는 데 찔레꽃
달빛에 젖은 하얀 찔레꽃 향기
눈부신 이 길 따라
누가 누가 떠나갔나
쇠똥 떨어진 길섶에 찔레꽃
꽃잎 터지는 길가에 찔레꽃
강물에 상처가 깊어 서러운 세월의 향기
새하얀 이 길 따라
누가 누가 돌아오나

인생길 흰 그늘에 낮게 엎드려
마음 가난한 찔레꽃

감자꽃

그대 있으라고 토방 아래 이슬비 오네

그대 가는 걸음 눈시울에 가랑비 오네

물기 어린 버들 잎사귀에 또로롱,

은빛 햇살을 굴리고 가는 그리움 하나

보고파서 그대 보고파서 돌담길 따라 보슬비 오네

손 흔드는 수수밭 들머리에 여우비는 내리고

감자꽃 하얀 세월 위에 실비가 오네

먼 길 떠나가는 그대 발자국마다 장대비 오네

그리움에 그대 그리움에 감자꽃 피네.

뒤란의 풍경

대숲 바람 소리 대청마루를 건너오고
후박나무가 수런거리는
뒤란에 가면 부추꽃 향기가 너울거렸다
부추꽃 향기는 늘 아픈 회억을 불러오고
시간이 물구나무서듯 장독대 항아리엔
어머니 흰 버선코가 거꾸로 걸려 있다
후박나무 수런거리는 바람의 소요逍遙,
섬돌 아래 땅강아지 우는 소리에 잠이 깰 즈음이면
낮달이 자분자분 골목 어귀까지 다가와
깊고 오랜 우물에 두레박을 내렸다
오래오래 우물을 들여다보다
어머니 쌀을 씻어 밥물이 내려앉을 때면
토란 이파리에선 또롱또롱 찬 이슬이 굴렀다
대청마루 지나 누룩 냄새 퍼지는 뒤란에 가면
어둔 산 고개 넘어 쫓겨 간 한 사내가
별이 되어 그믐 강물에 떠올랐다는 소문이
돌담 밑 담쟁이 그늘에 돌돌 엉켜 있었다.

어머니의 꽃밭

마당에 꽃이 피면 마당은 꽃밭이 되었다
우물가 텃밭에는 물외꽃이 피고
보랏빛 가지꽃이 피었다

가슴앓이 어머니는 마당 가장자리에
키 작은 순서대로 채송화 봉숭아
백일홍 분꽃을 심고
맨드라미도 다알리아 꽃씨도 뿌리셨다

어머니의 꽃밭에는 흰나비 노랑나비가 날고
어린 곤줄박이가 와서 울고
깨꽃 같은 별들이 내려와 소곤거렸다
땅거미가 지고 붉은 저녁이 오면
토란 잎사귀엔 풀여치의 눈물방울이
또르르 맴돌다 스며들었다

뒤란 툇마루 아래 우윳빛 자두꽃이 지고
접시꽃 울타리 돌담장 따라

호박꽃이 환한 꽃등을 켜는 해어름
밭이랑 가지런한 텃밭에 쭈그리고 앉아

어머니는 그믐 같은 호미를 쥔 채
대처에 나가 돌아오지 않는 아버지를 기다렸다
그럴 적이면 어머니 항라저고리에
흰나비 떼가 조곤히 앉았다 가고는 했다.

강설降雪

아침에 눈을 뜨니 눈님이 오셨다
하늘에서 누군가 새해 선물로
하얀 백설기를 마당에 가득 뿌려 놓으셨나 보다

선산 소나무 아래 긴 잠에 드신 쉰둘의 아버지와
교외 요양병원에 기거하시는 아흔넷 치매의 어머니가
나란히 버선발로 오셔서
대나무 석작에 하얀 떡가루를 고이 쓸어 담고 계신다

두 분은 일제 강점기와 해방공간과 6·25 골육상쟁과
4·19, 박정희 유신독재를 겪으면서 삼십 년을 함께 사셨고
아흔넷 어머니는 5·18과 6월항쟁과
적빈赤貧의 사십오 년을 홀로 겨울을 맞이하셨다

겨울나무가 두 손으로 눈송이를 한 입 받아먹고
머리 위에 떡시루를 이고 서 있다
천사 같은 동네 복실 강아지들이 모여

머리를 비벼대며 함께 시린 발바닥으로
뜀박질을 하는 아침
선한 사람들이 사는 마을 참샘 물가에
송이눈이 소복소복 쌓이고

뒷산 숲정이 너머 멀리 은빛 종소리가 들렸다
천지간이 온통 새하얀 눈꽃 세상
함박꽃처럼 희고 환한 새해 아침
눈부신 숫눈 위로 하얀 버선발 자국이 선명하다.

어머니와 초승달

여든아홉 어머니와 저녁을 먹는다
어머니 가까스로 뜬 밥숟가락에
한 점 생선 살을 발라 올려주고
주름진 노모의 눈가에 맺힌 흐린 눈물방울을 본다
내 서너 살 적엔 소복한 손을 가진 어머니가
고기살을 잘게 씹어 내 작은 입에 넣어주었을 때
서른 살 젊은 어머니는 마냥 행복하였는데
이제 먼 과거의 회랑만을 기억하는 어머니는
예순셋 어린 아들이 차려준 밥상 앞에 마른 눈물을 훔치신다
사십 년 전 돌연 지아비를 먼저 보낸 어머니는
나뭇단을 지게에 메고 온 젊은 맥고모자 이야기며
전쟁 통에 무등산 아래 지원동 골짜기로 피난 갔던 이야기며
노안 뜰에 배꽃 피던 날 싸목싸목 봄나들이 간 이야기
닷새 장날 바지락 한 광주리 이고 십 리 길을 걸어왔던 이야기며
탐진강에 천렵갔던 아버지가 썰물에 옷가지를 다 잃어

버리고
　속옷 차림으로 고샅을 살금살금
　고양이처럼 기어 왔다고 총천연색 파안대소를 하신다
　그렇지요 어머니,
　그 봄날 아버지가 잡아오신 그 많은 물천어들의 배를 따느라
　온 식구들은 살구꽃 그늘 아래 옹기종기 모였지요
　환한 살구나무 꽃가지 사이로 초승달이 떠오르고
　당신은 피는 꽃보다 지는 꽃이
　보름달보다 초승달이 더 아름답다고 말했다가
　설움이 지는 것이 그렇게 좋냐는 아버지의 지청구에 혼이 나기도 했지요
　어머니, 오늘은 초사흘
　앞산에 좋아하는 산벚꽃이 피고 뒤란엔 살구꽃도 피었겠지요
　내 어릴 적 어머니가 씹어주신 밥 한 숟가락이 입안에 살아오는데
　찬물에 밥 말아 생선살 발라주기를 기다리는 당신의 얼

굴을

차마 바라볼 수가 없네요

달이 차오르면 세월은 하현을 지나 그믐으로 가는데

늙은 어머니와 단둘이 소박한 저녁을 먹는 먹먹한 시간

어머니 젖은 눈썹 같은 초승달도 서서히 기울겠지요.

회산방죽에서

한 송이 연꽃이 되고 싶다야

무안 회산방죽 수만 평 끝없는 연꽃 물결을 보며
일흔아홉 어머님은 말씀하셨다
그 순간 내 마음 아늑히 깊은 곳에서
하늘이 무너지는 소리가 들렸어요

연꽃 이파리 끝, 버선발로 서 있는
이슬방울 하나

어머니!

어머니의 별

어머니, 별이 되어 가시더라도
너무 멀리 가지는 마세요
나 힘들 때 당신의 따뜻한 손
잡을 수 있어야지요

미리내 건너 별이 되어 가시더라도
너무 멀리 가지는 마세요
험한 세상 힘겨울 때 귀 기울여
당신의 말씀을 들을 수 있어야지요

오늘도 내 안에 당신이 흐른다는 것을
푸른 별빛이 억 광년을 달려와서
알려주어 고맙습니다
사랑합니다

하늘길 별이 되어 가시더라도
너무 멀리 가지는 마세요
꿈이 있는 세상 거기 계세요
어머니

명옥헌*鳴玉軒

어느 뜨거운 사랑이 있어 저리 붉으랴
물 위에 떨어진 꽃잎이
차마 이별의 눈물은 아니리
찬 물소리에 기대 울던
그대 가슴에 박힌 화인火印이여
어느 절절한 그리움이 있어 저리 푸르랴
뭉게구름이 밀고 간 바람이
혹여 스쳐 간 천년의 사랑인지도 모르리
적송 뿌리를 자르륵 적시고 가는 구슬 물소리
살갗을 타오르는 농염의 그늘이여
밤새워 명옥헌 목백일홍
붉게 붉게 물들었으리.

* 담양 고서에 있는 원림

솔개

정오에 내리쬐는 태양처럼
활시위는 팽팽했다

머리 위에서 솔개가 뱅뱅 돌고
먹이를 쫓아 급강하하는 날갯짓을 따라
내 눈이 한순간도 놓치지 않았을 때
나는 한 마리 붉은 솔개였다

보리 끄스름 냄새가 지붕을 타고 넘던 대낮
하늘을 점령한 듯 유유히 날고 있는
저 거칠 것 없는 맹금猛禽의 여유,

그것은 아지랑이처럼 불온한 동경이었다
가끔은 솔개가 비행하며 선회하는 방향에 따라
사람들의 시선이 검은 능선을 넘어 폐곡선을 그렸으므로
그것은 짧고도 긴 동행이기도 했다

내 정수리 위 높은 곳에서 팽팽하게 시위를 당기고 있는

붉은 솔개 한 마리,

공중에 포물선을 그으며 지상에 내리꽂히듯 날다가
별안간 지붕을 박차고 솟구치는
질풍노도의 독행獨行, 그것은 이루어질 수 없는
내 유년의 외로운 꿈이었다.

폭포에서 온 메시지

암 수술한 아내가
바람 쐬러 간다더니
지리산 구룡폭포에서 문자를 보냈다
처음 와 본 폭포가 너무 좋아요
늘 건강 챙기세요
희미한 목소리조차 나오지 않는 몸으로
바람과 폭포와 병의 상관관계를
어떻게 풀어냈을까?
그대여, 네 안에 꽃 피고 새 우는 일이
다 내 안의 일이겠지만,
폭포는 바위의 오랜 고독을 어떻게 견디었으랴
적송 굽은 가지에 산새 한 마리
고요히 날아 앉는 순간,
바람 소리 물소리를 뚫고 온
문자 메시지 몇 마디가
얼음 사태처럼 내 가슴을 친다.

낡은 詩

나는 내 구두가 닳아 떨어질 때까지
버리지 않고 길 위를 끌고 다닌다
아무도 내 낡은 구두를 거들떠보지 않는다
나에게는 소중하나 다른 이에게
아무 쓸모없는 것,
이 세상에 쓸모없는 것은 없다라는
명제는 역설적이지만 틀린 것이다
죽은 친구가 잠든 영안실 바닥엔 닳고 낡은 구두들이
배를 드러내고 북어처럼 누워 있다
밟히고 걷어채도 낯을 붉히지 않는
낡아서 낯익은 그것들을 술에 취한 조문객들이
뒷굽을 구부린 채 하나둘씩 어디론가 끌고 간다
가끔 그것은 목숨이 다했는데도 버려지지도 않고
아파트 현관 구겨진 상자 안에 겹겹이 누워 있다
마치 창고에 쟁여진 마른 북어처럼,
박명의 햇살이 중천을 넘어갈 때까지
시집 속에 갇혀 죽은 듯 잠을 자는
낡아빠져 슬픈 시인들의 詩처럼.

마량

초록이 욕망을 버리면
쪽빛이 된다
문득 어느 길 위에서 흘려들었던
경구 같은 말을 되뇌면서
남도 끝 마량포구에 서 있다
마량, 아침 마량에 가면 향긋한 파래 내음이 난다
몇 속의 햇김과 마른 박대 몇 마리를 흥정하는
수런거림과 바닥에 부딪혀 튀어 오르는 은빛 물고기들
출어를 나가는 분주한 고깃배들 사이사이로
길과 길을 이어주는 시간의 뼈대들이 보인다
그것은 아직 욕망을 안고 있는 것들이
생성을 간직한 채 살아 있다는 증거인 거다
마량에서 강진 쪽으로 고개를 돌리면
바다는 하늘 끝까지 쪽빛이다
저 오랜 숲정이 너머 옹기를 굽고
모진 꿈을 안고 살았던 독 짓는 마을이 있었다
바다를 돌아 검은 산 아래 유배지에선
한 생애 갇혀 있으므로 비로소

시대의 길을 열었던 한 사내가 살았다
미명의 순간에도 해조음이 소름처럼 온몸을 감싸던 마량바다
쪽빛 청자를 가득히 싣고
먼바다를 향하여 끝없이 노를 저어가던
새벽 만선의 배들,
초록이 닫힌 욕망을 털어버리면
환한 쪽빛이 된다
누구든 마량에 오면
걸어서 하늘 바다로 가는 쉬운 길은 없다.

마운대미*

구름이 바람을 문지르며
씻겨가는 곳
마른 들꽃 같은 세상을 안고
불꽃같은 한 사내가
마운대미 고개를 넘어갔으리
첫닭이 울던 어둑새벽
병풍산 너머 추월산 산허리를 타고 간 사람
산불이 온 마을을 휩쓸고 간 밤에도
쫓겨간 그 사내 끝내 오지 않았다
바지게에 지고 가던 자운영꽃도
머리에 꽂고 넘던 쑥부쟁이도
눈시울에 옷고름 훔치며
이별하던 세 갈래 고개
대숲 바람도 구름에 씻겨가던 곳
굽이굽이 서러운 눈물을 안고
흰 저고리 여인이 어린아이를 업고
멀고 먼 황톳길 머리 숙여 넘어갔으리.

* 마운대미[磨雲峙] : 담양 병풍산으로 올라가는 갈림길에 있는 고개

옛 마음

샛갓배미 마른 논에 물 들어갈 때
아버지는 논둑에 서서
함박웃음 지으셨다

여섯 자식 입에 밥 들어갈 때
가난한 어머니 보시시 웃으신다

다무락에 놓아둔 밀국수 한 그릇
몇 잎 망개떡으로 건너오면
어머니 입술 머금어 빙그레 웃으시고

이웃집 누렁소 몸 풀어 새끼 놓으면
아버지는 좋다 좋다 무릎을 치며
파안대소 하셨다

아, 평평한 무논에 출렁이던
넉넉한 옛 마음이여

마른 눈물

봄날에 핀 꽃다지 한 송이
봄동 한 포기

여름날 밭두렁 강낭콩 잎사귀에
여우비 한줄기

추분 햇살 쟁쟁한 지붕 위에
고구마 빼떼기 서 말

눈 쌓인 항아리 속
살얼음 낀 동치미 두어 사발

지상에 구순을 사는 동안
허리 휜 어머니가 남기고 간
호미 한 자루

이 세상 모든 슬프고 무른 것들의
고갱이 속에는

어머니의 살점과 피와 땀에서 솟아난
마른 눈물방울이 고여 있구나.

능소화 피는 밤에

능소화 피는 밤에

상처 깊은 서른 살

사랑에 눈이 멀면

가는 길이 환할까요 오는 길이 환할까요

어느 하늘 아래 사시나요

어느 강물 숲 그늘에 드셨나요

능소화 지기 전에 기별 한번 주시게요

비에 젖어 우는 서른 무렵

눈이 먼 사랑아

화엄사 흑매

그대 안 오시니 봄비 내리고
화엄사 각황전 앞 홍매화 아직 안 피었습니다
그대 온다던 기별에 몇 번이나 옷고름을 매다 풀다 하였더니
붉은 가슴 더 붉어졌더이다 붉디붉다 못해 까만 재가 된 듯
서녘 하늘가 마음만 가뭇합니다
한 사흘 내리는 봄비 그치면 그대,
고운 지단풀 밟고 오시련지요 그럼 그날 제 눈물 한 보시기
적멸보궁 가는 돌계단에 고이 모셔두겠습니다
온다던 그대, 안 오시니 각황전 앞 흑매화 아직 안 피었습니다
이 봄비 그치기 전에 제 속눈썹 밟고 오는
그대 버선발 소리.

제5부 길은 멀어도

오늘

저 장엄한 일출을 밀어 올리는 흰 바다와

붉은 노을을 집어삼키는 푸른 산맥 사이에

하루치 피 묻은, 역사가 있다.

지난날 그 자리에 봉홧불이 타올랐다.

오월은 바로 오늘이다

오월은 오늘이다
오월은 목 꺾고 뒤돌아보는 세월이 아니다
지금 이 땅에 우리가 살아 있는
바로 오늘이다

오월은 꽃 피고 새 우는
산 너머 봄마중이 아니다
오월은 우리들 심장에 터지는 함성,
신새벽 타오르는 불꽃이다
맨주먹 황토 언덕을 달려가는 횃불이다
가난한 백성들의 조선낫
그것의 피맺힌 절규다

오월은 오늘이다
오월은 오늘 우리가 싸워서 만들어가는
사람다운 세상,
아름다운 세상을 위해
손잡고 함께 나아가는

바로 오늘이다 지금 여기
비바람 몰아치는 이 땅의 오늘이
바로 오월이다.

너는 왜 거기 있고 나는 왜 여기 있는가?

너는 지금 왜 거기 서 있고
나는 왜 지금 여기 있는가

은행나무 노란 우산을 펼쳐 들고
햇살 받쳐 든 가을 오후
여의도 의사당 앞 광장에
너는 왜 나락 더미를 쌓아놓고 천막농성을 하고

나는 마침 점심을 마치고
이쑤시개를 만지작기린 채
왜 그 거리를 지나고 있는가
작은 분노도 사그라진 가슴을 쓸어내며
모른 척 고개를 돌리며 걷는 나는
누구인가

나는 왜 지금 여기 있고
너는 지금 왜 거기 있는가

용산역 대합실 극장에서
〈벤자민 버튼의 시간은 거꾸로 간다〉 영화를 보고 있는
나는,
그 시간 용산역 앞 여섯 목숨이 화염에 사라진
남일당 건물 참사 현장에서 단식농성을 하다
쓰러져 의식을 잃은 너는,

나는 누구이고 너는 누구인가
가슴에 맴도는 뜨거운 핏줄기를 멈추게 하고
다시 생명을 솟구치게 하는 붉은 단풍잎의
떨림은 누구의 숨결인가

시인이여,
저 노란 은행잎이 다 지기 전에
한 끼 따뜻한 저녁을 함께할
아름다운 지상의 시간은 있을 것인가

늦은 밤 출렁이는 버스 차창에 기대어

몇 번이고 고개를 뒤척이며 잠이 든 채
빈집으로 돌아가는 너는,
나의 누구인가.

아직 먼동이 트지 않았다고

아직 꽃이 피지 않았다고 그대 잊은 적 없다.

눈보라 이기고 그대 발치 끝
거문오름에도 봄이 오리니
젖은 꽃잎 시든다고 나 그대 떠난 적 없다.

비바람 그치면 여기저기
동백꽃 생모가지 떨군 자리에
또다시 동백꽃 붉은 넋 피어나리니

역사는 봉화烽火를 기억하는 자의 것
새벽은 앞서서 산에 오르는 자의 몫일지니

아직 먼동이 트지 않았다고 그대 잊은 적 없다.

산전山田에 와서

사려니숲길 지나 산전에 와서
못다 한 울음을 운다
산죽 스치는 바람 소리
연달래 지는 소리 가슴을 친다
어제는 막내 누이가 잡혀가고
새벽에는 아재가 총 맞아 죽었다 한다
열흘째 양석은 오지 않고
오늘은 몇 개 남은 지슬이 떨어졌단다
시안모루 북받친 밭 바람은 차고
폭낭* 초소에 잠이 든 소년의 발이 시리다
읍내에 나간 사람 소식이 없고
한라산 오름에 봉화도 졌다
얼마나 걸어야 새로운 세상이 오나
자유와 평등은 멀고 먼 고갯길인가
지상의 밥 한 그릇 나눠 먹는 것
하늘 아래 한 지붕에 함께 사는 것
다시 횃불을 들고 앞으로 가자
잠든 동지들 깨워 저기, 저기

산마루 넘어서 가자
기어이 가야 하는 골고루 잘 사는 나라
어둠 속 길을 찾아 함께 가는 길
앞가슴 주머니에 숟가락 꽂고
두 주먹 맹세에 깃발을 든다
어욱밭* 산전마다 봉화가 피고
천미천 계곡 따라 동백꽃 핀다.

* 폭낭 : 팽나무의 제주도 방언
* 어욱밭 : 억새밭의 제주도 방언

애월涯月

서른 무렵 떠나간 사랑
달 뜨는 애월에 남겨둔 사랑
파도치고 물새는 우는데
가슴 깊이 새겨진 뜨거운 꽃떨기여

산마루에 빛나던 한 줄기 불빛의 기억
눈보라 치는 바닷가 끝없이 걸어도
떠나간 시간은 만질 수 없네

세상은 굽이 돌아 바위가 깎여 갔지만
샛바람에 날리는 붉은꽃 향기 잊을 수가 없네
새벽길 깨치고 서른에 떠나간 사람

어둠은 깊고 별빛이 서러워라
사랑은 물결에 흘러서 가고
동백꽃 달빛에 홀로 피었네

그대 없는 억새오름 하늘은 붉고

서른 살 청춘에 타오른 불꽃
노을 속에 펄럭이는 그대 하얀 옷자락이여
눈 덮인 산하 외로운 깃발이여
동트는 바다 너머 새벽은 오네

너무나 푸르러 검붉은 바다
백 년이 오고 백 년이 가도
순결한 서른의 사랑
가슴에 고이 묻어둔 애월의 사랑

산동

구례 산동마을
한날한시 할아버지 아버지 당숙 고모
온 동네 떼 제사 지내는 산수유마을

봄이 오면 산수유 피고 생강나무도 피어
천지간 노랑 빛깔이 뒤덮었지만
만복대 넘어 지리산 들어간 사람들
끝내 오지 않았다
꿈꾸던 그런 세상도 오지 않았다

얼음계곡 물가에 처박혔던 한 시절
잘 있거라 산동아 너를 두고 나는 간다
열아홉 처녀가 머리채 끌려가며 불렀던
산동애가 아직도 가슴에 사무치고
산수유 꽃담길 따라 불어오는
대숲 바람 소리에 또 한세월이 그렇게 갔다

해마다 온 산에 산수유 진달래 피어

어둑새벽 지리산 산허리에 등불을 켜고
맨 처음 산으로 가던 사내들이 살던
구례 산동 노랗게 가슴 부푼
이 미치게 환장할 봄

흰망태버섯*

어둔 대숲 속 빛살과 빛살이
교차하는 듯 동이 틀 무렵,
찬 이슬보다 먼저 산에서 내려온 흰망태버섯

사변 때 폭사했다던 당숙님 돌아왔다고
흰 공단에 망사포 곱게 차려입고 돌아왔다고
사잣밥 부리나케 차려 대밭으로 달려갔더니
홀연 사라져버리고 없는

살아 있는 이 몹쓸 년 죄가 크다고
바람벽에 머리를 찧으며 통곡한 당숙모
죽었는지 살았는지 오십 년 소식도 없는
검은 맥고모자 무정한 사내 하나이

깊은 대숲 검푸른 마디에 숨어 있다가
그믐 달빛에 동네 한 바퀴 둘러보고
새벽녘 밥 한 그릇 먹는 둥 마는 둥 훌쩍 산허리를 넘어
간

추월산 산 사람 그 영혼의 빛,

죽창竹槍의 혼.

* 흰망태버섯 : 말뚝버섯과 버섯 중에서 가장 아름답다는 망태버섯

칠득이 아재

마을 대소사나 초상 일에
궂은 심부름 도맡아 하던 심성 좋은
칠득이 아재,
코훌쩍이고 절뚝거리고
머리에는 늘 마른버짐이 올라
동네 꼬마들이 칠뜨기 바보아재 놀려도
못 들은 척 허허허 웃기만 하고
온 동네 이 집 저 집 허드렛일 잘 거들던
띠동갑 임오생 당숙뻘 아재
4·19 때도 시위대에 앞장서다
머리가 으깨져서 한 고생 했다더니만
하얀 이팝나무 고슬고슬 피고
진달래도 더 붉었던 80년 그해 5월
저문 꽃잎처럼 강물에 흘러갔을까
남평 오일장 둘러본다고 고개 넘어 나간 뒤
삼십 년 소식이 없는 칠득이 아재,
삼태기에 막대기 하나 맨손으로 참새를 잡아
내 작은 뺨에 대어주며 아이처럼 따뜻하지 따뜻하지

뭉클한 감촉에 가슴 설레어
저 혼자 좋아서 박수를 치던 순박한 사내,
새벽 아침이면 안개 낀 논두길 따라
혼자서 멀리 물꼬를 보러 가곤 하던
흰 잠방이, 내 맘에 환한 오월의 등불
오래오래 심지를 피워주던
칠득이 아재.

지금 여기, 이 땅에 당신을 묻습니다

당신을 가슴에 묻지 못하고
지금 여기,
사나운 광풍이 휘몰아치는
광야에 묻습니다

아직도 당신을 가슴에 묻지 못하고
가진 자들이 없는 자들을 차가운 거리로 몰아내는
노숙의 땅,
지금 여기에
당신을 묻습니다

진실을 말하는 자들에게 재갈을 물리고
하루 먹고 살기 위하여 몸부림치는 철거민들을
화염 불구덩이에 밀어놓고 사체 냉동고에 처박은
주검의 땅,
지금 여기에 당신을 묻습니다
당신이 그토록 바랐던
사람 사는 세상

가난하고 힘없는 사람도
사람답게 사는 세상
평화가 강물처럼 넘쳐흐르고
자유와 평등이 사람의 가슴마다 꽃으로 피어나는 세상

아름다운 생명의 꿈 하나 간직하고
자연 속에 너와 나 우리가 행복하게 사는 세상
대통령 할아버지가 손녀를 자전거 꽁무니에 태우고
바람을 가르며 논둑길을 달려가는,
푸른 들판 가득 따스한 햇살이 넘실거리는 세상

그러나 지금 여기
2009년 5월,
이제는 죽음이라고 부를 수밖에 없는
야만의 시간 위에 당신을 묻습니다
어떤 위협에도 끝내 꿈을 버리지 않던 당신
어떤 고난이 당신을 옥죄어 오더라도
끝내 사람의 가치와 명예를 버리지 않았던 당신

당신을 역사의 가슴에 묻지 못하고
누구인들 차마 눈물이 아니면 쳐다볼 수 없는
조국의 붉은 하늘 아래
말 없는 바위 허공에
당신을 묻습니다

지금 여기
아직 살아남아 있는 우리가
이 땅에 당신을 고이고이 묻습니다.

그들이 미래를 죽였다

그들이 미래를 죽였다
탐욕과 권력과 자본을 움켜쥐고 있는
그들은 미래의 작은 꿈마저 빼앗아갔다

사람다운 세상을 바라는 미래의 꿈
가난한 사람도 못난 사람도
사람대접을 받는 그런 세상이 오는 꿈

따스운 마을에 밥 짓는 냄새가 풍겨나고
낮은 담 너머 이 집 저 집에 인정이 넘쳐나는 세상
할아버지가 손녀를 자전거 뒤에 태우고
콧노래를 부르며
푸른 들판을 가로질러 가는 평화로운 세상
강물이 막힘없이 잘 흘러 버들치 모래무지가 살아오고
앞 논에 물오리와 메뚜기가 어울려 사는
참 맑고 깨끗한 세상
퇴임한 대통령이 고향에 와서 농사를 짓고
이웃들과 막걸리를 나누며

함께 어울리고 함께 더불어 사는,
사람들이 땀 흘리는 만큼 기쁨을 주고받는
살맛 나는 세상
그런 소박한 행복이 눈앞에 펼쳐지는
사람 사는 세상이 오는 미래의 꿈

그들은 그런 꿈과 자유를 빼앗아 갔다
그들은 앞에서는 박수를 치는 척했으나 장막 뒤에서는
미래를 죽일 음모에 비수를 갈았던 것이다
미래의 꿈들이 점점 커져 권력과 자본을 삼킬지도 모른다는
불안과 공포에 그들은 꿈을 죽였다
꿈을 꾸는 자와
꿈을 죽인 자 누가 진정 오랜 사람의 길을 가는 것인가?

가면을 벗고 나와라
탐욕에 눈이 어두워 미래의 꿈을 죽인 자

정글 속 얽히고설킨 잇속만을 더듬는 자
그들은 누구인가

오늘은 잠시 미래의 꿈이 죽지만
내일은 네 스스로 네 목에 칼을 씌울 것이니
과거여, 역사는 늘 미래의 편일 것이니.

사라지지 않는 노래

– 범능에게

그대 노래가 사라진다 해도 나는 그대 노래를 부르리
오늘 그대 모습 사라진다 해도 그대 창가에 새벽 꽃등을 켜리
오월이 가고 오월 햇살이 가고 마른 꽃잎 떨어지니
그리운 그대여, 다시 못 올 이별의 노래여 붉은 노을이 설운 가슴에 스미고
그대 목소리 먼 산을 울리네

그대 노래가 꽃잎처럼 흩어진다 해도 나는 그대 노래를 목 놓아 부르리
오늘 그대 옷깃이 초혼처럼 하늘 멀리 멀어진다 해도
그대 환한 얼굴에 눈물을 닦으리

오월이 가고 산그늘 바람이 불어 하얀 찔레꽃 꽃잎 떨어지니
보고픈 그대여, 돌아볼 수 없는 적멸의 눈물이여
뜨거운 빗물이 메인 가슴을 적시고 그대 목소리 강물을 울리네
그대, 그대 영원히 살아 저문 강물로 흐르네.

미얀마 시인 켓 띠에게

2021년 5월 당신은 악마의 손에 죽었습니다
미얀마의 저항시인, 당신은
민족을 배반한 군인들이 쿠데타를 일으키고
수많은 민중들을 학살하자
생계를 위해 팔던 아이스크림 가게를 나와
거리에 섰습니다
그리고 시를 썼습니다
'군인들은 머리에 총을 쏘지만 그들은
혁명은 심장에 깃들어 있다는 것을 모른다'라고

'만약 내 생애 남은 시간이 1분이라면
그 시간만이라고 내 양심이 깨끗하길 바란다'라고
5월 10일 당신은 거리에서 체포된 지 하루 만에
심장이 제거된 채 돌아왔습니다
악마들이 시인의 심장을, 시민의 양심을 도려낸 것입니
다

악마는 악마를 낳고, 악마는 피를 부릅니다

1980년 코리아의 광주가 그랬습니다
권력에 눈이 어두운 정치군인들이
광주시민들을 살육하고 나라를 공포로 몰아넣었습니다
거리의 시민들을 굴비처럼 엮어 잡아가고
집 앞에서 남편을 기다리는 임산부의 배를 대검으로 찔러
엄마는 배 속의 아이와 함께 죽었습니다
시신을 옮기려는 선량한 시민들을 향해
악마들은 헬기에서 조준사격을 해대었습니다
2021년 미얀마가 그렇습니다
지금의 미얀마는 1980년 5월 광주입니다

이제 시를 쓰기 위해 평온한 거리에서
아이스크림을 팔았던 켓 띠 당신은 세상에 없습니다
그러나 시인의 심장은 살아 영원합니다
코리아 광주시민들이, 코리아인들이 끝내 싸워서
자유와 민주주의를 이루었던 것처럼
미얀마도 끝내 자유와 민주와

평화와 해방을 이루어 낼 것입니다
2021년 5월 당신은 죽음으로서 악마를 죽였습니다
죽어서 영원히 살아 있는 미얀마의 저항시인
켓 띠의 명복을 빕니다.

네다 아가 솔타니

너는 그때 테헤란의 중심가 카레가르 거리를 지나고 있었다
자유를 외치는 시민들이 가득 메운 거리가
한편으론 꽉 찬 기쁨이기도, 두려움이기도 했다
곤봉을 휘두르는 경찰들이 들이닥치자
너는 서둘러 집으로 돌아가려고
친구의 손을 잡고 버스를 탔다
버스가 시위가 한창인 아미르 아바드 지역에 다다랐을 때
도로가 막혔고 찌는 듯한 더위에 지친 너는
차에서 내려 약혼자 마칸에게 전화를 거는 중이었다
그 순간 어디선가 날아온 총탄이
너의 하얀 가슴을 뚫었다
몇 발짝 움직이다가
붉은 피를 쏟으며 아스팔트에 무너져 내린
이슬람의 딸, 네 이름은 네다 아가 솔타니
'네다'는 이란어로 목소리를 뜻한다고 했다
너는 네 이름처럼 작은 목소리로

모두의 자유를 바랐을 뿐
어느 누구에게 돌멩이 하나 던지지 않았다
너는 네가 던진 투표 한 장의 권리,
자유를 부르짖었던 그 거리 그 자리에 있었다는 이유로
정조준의 총알이 너의 가슴을 뚫었다
아직 꿈과 사랑으로 넘쳐났을 꽃다운 스물일곱
히잡을 머리에 두르고
청바지에 흰색 스니커즈를 차려입은 젊은 철학도
이제는 순교의 이름이 되어버린 네다 아가 솔타니,
피를 토하며 죽은 순간까지
조국 이란의 파란 하늘을 하염없이 응시하던
너는 그날 테헤란의 카레가르 거리에 있었다
사랑하는 연인 마칸이 시위대의 함성 속에서
너를 애타게 찾아 헤매던
황혼 무렵, 어둔 구름이 몰려오던 그 시간에.

이애리수

– 나는 가리라 끝이 없이 이 발길 닿는 곳
산을 넘고 물을 건너 정처가 없어도*

산수유 지고 앵도화 필 무렵
그녀의 부음을 들었다
사람의 일생도 꽃과 같아서
피었다 지고, 또 지고 나면
산그늘에 노랑 피나물이거나
헛꽃 한 송이로도 피어나리
아흔아홉 천수를 누린 듯 편안히 잠든
한 여자의 숨겨진 비련을 그 누가
짐작이나 할 것인가
종로 단성사 막간가수로
황성옛터를 불렀던 열여덟 이애리수
나라 잃은 설움에 복받쳐
달빛에 폐허를 노래한 '황성옛터'
누구나 들으면 설움에 눈물 났고
왕손 이우도 술에 취하면 불렀던 노래
쿠데타를 했던 독재자도 총탄에 맞아 죽은 날
마지막으로 어린 가수와 함께 읊조렸던 노래
서러운 아버지도 어깨를 들썩이며 젓가락 장단에

십팔 번 목청을 꺾었던 노래
불꽃 같은 사랑 하나 위하여
자신의 모든 것을 버렸던 그녀는
덧없는 꿈의 거리를 헤매이다 갔을까*
사람의 삶도 꽃과 같아서
피면 지고,
꽃이 진 자리 물가에 한 방울 파문으로 흘러서 가리
채워도 채워지지 않는 허무도
한 송이 꽃이 될 수 있으리.

* 노래 황성옛터의 한 소절

* 이애리수 : 일제 강점기 때의 연극배우 겸 가수. 본명 이음전(李音全). 우리 가요사의 최초의 대중가요로 일제 강점기 암울한 시대상을 담은 황성옛터를 불러 크게 히트하고 국민가수로 인기를 한 몸에 받았으나 결혼한 이후 평생을 자신이 가수였다는 사실을 숨긴 채 칩거하다 2009년 4월 3일 향년 99세로 별세하였다.

여수

여수에 가면
숨결처럼 다가오는 나의 오랜
첫사랑이 있지
그것이 첫사랑인지 외사랑인지
동백숲 날아다니는 동박새는 알까?

여수에 가면 갯내음처럼 밀려오는
나의 오랜 첫사랑
그것이 서툰 사랑이었는지
피다 말고 져버린
서글픈 동백꽃잎이었는지

동백꽃 지는 여수 밤바다에는
늘 퍼덕이는 핏빛 비늘 냄새가 났어
멀리 해무海霧 속에서 뱃고동 소리가 들려오고
어느 눈 내리는 겨울밤에는
부치지 못한 편지가 시가 되기도 하고
답장 없는 전보가 눈물샘이 되기도 했지

자산공원 차디찬 돌계단에서 내려다보는
오동도 시누대 숲 그늘에는
먼 섬을 돌아나오는 바람 소리가
호곡號哭처럼 들려왔어

종고산 너머 미평 쪽에는 포탄 터지는 소리
만성리 길목 마래터널에는
거적에 덮인 생사람의 신음 소리
신월리 해안절벽 철조망에 찢기고
너브러진 아우성 소리

여수에 가면
여수라는 아름다운 이름이
한순간에 혁명처럼 온몸에 퍼지는
나의 첫사랑이 있어

산다화 피는 해안통을 넋 놓고 걷다 보면

다시는 빠져나오기 힘든 병모가지
입구에서 서성이기도 했어

여수에 가면
물색 고운 여수에 가면
아름다움보다 더 슬픈
나의 오랜 첫사랑을 생각하고
꽃비 내리는 밤바다 별빛 야경보다
더 절절한

어시장 앞 목로집 술청에
코를 처박고
나는 밤새워 여수라는
반백 년 애인에게 흠뻑 젖어버리곤 했지

날마다 가슴속에 맺혀 피고 지는
붉은 동백꽃
나의 첫사랑,
그립고 그리운 여수

고희古稀

낯설다는 말이 낯설다는 말이
너무 낯설어서
나는 우네

사랑한다는 말이
사무치고 눈부셔서
회화나무 등걸에 기대어 흐느끼네

우산도 없이 걸었던 스무 살 고갯길을
언제 홀로 다시 걸었던가
찬비에 흠뻑 젖은 몸이 너무 뜨겁고
너무 외롭고 쓸쓸해서

미친 듯이 앞을 보며 가던
늑골 사이로 시린 바람이 흐르고
맨주먹을 쥐며 거리의 한복판을 달리던 시절

누구는 소금호수의 별이 되고

누구는 달빛 구름 따라 멀리 흘러가고
누구는 풀잎처럼 엎드려 살았던

그 오랜 시절도
파도에 밀려온 지금 이 순간도
모든 것이 낯설어서 세상이 낯설어서
다시는 올 수 없는 세월이기도
다시는 만날 수 없는 이별이기도 하네

심장이 뛴다는 말
가슴이 끓어오른다는 말
너무나 오래된 길 위에 서서
깊은숨을 쉬며 하늘을 올려 보네

다시 걸어 보는 길 위에 서서
낯설고 낯선 것들을 넘어가는 고갯길에서
뒤돌아보는 청춘 앞에서
나는 울다가 울다가

나에게는 도무지 올 것 같지 않던
고희의 언덕에 서서 서성이다가
그만 뒤돌아 쓸쓸히 웃네
바람이 한 올 머리카락을 스치며 지나가는데

이제 나는 비로소
무지개꿈을 꾸는 천진난만天眞爛漫
일곱 살 어린아이가 되고 싶은 것이네.

길은 멀어도

길은 멀어도 가야지
들꽃 핀 길가에 하얀 서리 내리고
서녘 하늘에 어둠이 깔리고

그래도 가야지
저 산마루 너머
별빛이 사는 동안

길은 멀어도 가야 하리
새벽이 올 때까지
먼동이 틀 때까지

가야 하리
우리 함께 가야 하리
들꽃이 다시 피고

성에꽃 유리창에 햇살이 내려앉아
그대는 오는가

그대 오시는
그날은 오는가

겨울 빈 들판에
들불이 타오르고
내 심장이 뛰는 동안

길은 험해도 강물은 깊어도
가야 하리
새벽이 올 때까지
먼동이 틀 때까지
우리 함께 가야 하리.

서정의 칼을 찬 선비 시인의 길

임동확 시인

1. '광주의 선비 형님'

타고난 기질이나 성정性情에서 비롯한 것일까? 나는 시인 나종영 선배를 만나거나 생각할 때면 거의 본능적으로 '선비'를 떠올린다. 그런 까닭에 나의 전화번호부에 등록된 그의 이름 괄호 안엔 '광주의 선비 형님'이라고 적혀 있다. 전남대 '용봉문학회'의 선배로 물경 사십여 년을 넘게 지켜봐온 결과다. 어쨌든, 오랫동안 그를 지켜봐온 나로선 그가 나쁜 말과 간사한 꾀로 제 작은 이익을 도모하는 것을 목격하지 못했다. 오히려 크고 작은 모임에서 오는 불가피한 갈등이나 무례한 만큼의 시비에도 최대한 서로 간의 조화와 균형을 유지하려 애써 인내하고 양보하는 모습을 보여주었다. 설사 만취한 자리에서도 모름지기 시인은 그래야 한다는 듯 늘 변함없이 꿋꿋하고 방정한 자세를 잃지 않았다. 세속의 유혹이나 세상의 함정에도 우리 시대가 요구하는 시인의 표상답게 의연하고도 굳은 마음의 심지를 보여준 바 있다.

그의 뒤를 따라다닌다고 믿어 의심치 않는 '선비의 표상'은 단지 나의 주관적이고 체험적인 인상에 그치는 것이 아니다. 무엇보다도 그의 등단작 가운데 하나인 「광탄 가는 길에」서 이미 드러난다. 거기서 그는 광복군 출신으로 후일 박정희군사정권에 맞서 반독재 민주화 투쟁에 앞장서다가 의문사한 장준하 선생이 묻혀 있는 경기도 파주의 '광탄'을 지나면서 "큰 뜻을 품고 누워 있는" 그의 죽음을 차마 "뜬눈으로야/바로 볼 수 없"다고 호곡號哭한다. 그러면서 그 어떤 탄압에도 굴하지 않는 그의 결기와 의로움을 기린다. 자신이 옳다고 믿는 신념을 위해 "천길 벼랑 너머 길"을 마다하지 않은 장준하의 용기와 선택 속에서 "헛노릇 허튼 삶"을 살지 않으려 했던 현대판 선비 또는 민족지사의 표상을 읽어내고 있다.

그의 초기 시의 하나인 「사육신」 역시 이를 반증한다.

"흙바람 몰아치는 노량진 언덕"의 "사육신" 묘지를 지나면서, 그는 "두 임금을 섬길 수 없어" 기꺼이 "오뉴월 모래톱" "붉은 피"를 흘리며 순명殉名해간 그들의 의리義理와 절개를 반추한다. 오로지 권력욕에 사로잡혀 조카를 살해하고 등극한 세조의 '미친 광기[稀狂]'에 "갈가리 몸 찢기어도" "나라 위한 곧은 마음 굳힐 수 없어" "스스로" "죽음을 넘어선 죽음"을 기꺼이 선택한 사육신들의 숭고한 정신을 환기시킨다.

그런 까닭에 그의 삶과 시의 배면을 이루고 있는 선비의식은 시대나 역사와 상관없이 그저 '편안한 마음으로 제 분수를 지키며 자족해하는' 이른바 '안분지족安分知足'적인 것이 아니다. 또한 인간의 선한 본성을 회복하면 모든 문제가 해결될 수 있다는, 지나치게 낙관적이고 낭만적인 선비상도 아니다. 기존의 질서가 동요되거나 일순간 정체성을 잃고 정지되는 위기 상황 속에서 당대의 모순을 해결하고 거기서 맞서 분노하거나 저항하는 능동적이고 적극적인 철인의 선비상의 추구와 깊게 연결되어 있다.

시월 남실바람에 물비늘 치는
저수지 둑에 홀로 앉아
매천 시편을 읽는다

저만치 소나무 숲 아래 초당에서
매천은 벗들과 밤새워 바둑을 두고
마지막 술잔을 주고받았을까
초승달도 기울어 어두운 새벽
선생은 절명시를 짓고 나라 잃은 울분에
아편 부은 독배를 들었으리라

인간 세상에 글 아는 사람 노릇하기 어렵다던
옛 선생도 절의를 지키려 목숨을 버렸건만
세상은 꺾이고 어지러운데
시인들은 죽고 말장난 거짓 시들만 넘쳐
푸른 대나무도 고개를 떨구나 보다

사람도 시대도 훼절하는데
언제까지 오지 않는 낡은 버스를 기다려야 하는 것일까
저물어 안개 내려앉는 물가에 앉아
맨가슴을 다지며
다시 매천을 읽는다
시편을 넘기는 손끝이 아리다.

―「다시 매천을 읽다」 전문

요즘의 눈으로 보면, 구한말 학자이자 재야 문인인 매천은 1864년부터 1910년까지의 역사를 편년체로 쓴 『매천야록梅泉野錄』에서 '동학농민군'을 '비도匪徒'로 폄하하고 있어서 솔직히 논의의 여지가 있다. 특히 시대적 변화나 흐름에 둔감한 채 지나치게 유교적 질서의 정명사상正名思想에 사로잡혀 있었던 인물이었다고 할 수 있다. 그럼에도 불구하고 매천은 망국의 울분에 자결하던 날 새벽, "내게 죽어야 할 의리는 없다. 하지만 국가에서 500년이나 선비를 길러왔는데, 나라가 망할 때에 국난을 당하여 죽는 사람이 하나도 없다는 것이 어찌 원통치 않겠는가?" 하는 절명시를 남겼다. 그러면서 망국亡國의 사태에 직면하여 "글을 아는 사람 노릇"이나 구한말 지식인으로서 그 책임을 다하고자 "아편 부은 독배"를 마신 바 있다.

일종의 정신적 사표師表로서 매천에 대한 그의 지속적인 관심과 몇 편의 시들은 여기에서 발원한다. 그는 여기서 완고한(?) 유학자로서 매천 황현의 한계나 처신에 대해 묻지 않는다. 대신 그는 누가 강요하기에 앞서 제 내면의 도덕률에 의해 스스로 "목숨을 버"린 매천의 "절의"를 높이 산다. 달리 말해, 매천이 살았던 "시대"와 별반 다르지 않게 자꾸 주변 "사람"들이 "훼절"해 가는 "세상" 속에서 그가 "저수지 둑에 홀로 앉아/매천 시편"을 다시 "읽는" 것은 다른 이유 때문이 아니다. 세상의 어지럼과 시대의 타락상과 상관없이 "말장난"의 "거짓 시들만 넘쳐"나는 까닭이다. 그에게 매천은 한낱 유학자이자 선비 지식인이 아니라 우리 시대가 지향해 가야 할 진정한 시인의 표상인 셈이다. 이처럼 그는 매천을 통해 "불의에 꺾이지 않"는 "청절"을 유지면서도 동시에 "땅속 깊이 뿌리를 뻗어/비로소" 고절苦節한 시정신을 옹호하고자 한다. 그러면서 때로 나라 안팎의 변고가 생기면 기꺼이 그와 맞서 싸우는 "죽창이 되고" "화살"(「청죽」)이 되는 매운 절개와 강개慷慨를 지닌 결기의 시인이 되고자 한다. 강진 땅에 유배와 "한 생애" 동안 "갇혀" 지냈으나 거기에 굴하지 않았던 다산 정약용처럼 국가와 "시대"에 미래적 구상과 전망을 제시하며 저만의 "길을 열"(「마량」)어 가는 이들이 참된 선비상이자 그가 추구하는 시인상이다. 온갖 "훼절"과 협잡의 "시대"를 "진정 온몸으로 온몸으로/몸을 던지며 시를 쓰는" 지사적志士的 시인(「시인이 묻는다」)이야말로 우리 시대가 요구하는 참된 시인상인 셈이다.

그런데 어쩌면 강파르고 매우 준열한 선비적 시인의식은, 단지 개인적인 의지나 욕망만으로는 성립하지 않는다. 마치 '진흙탕에 뿌리를 내리고 있어도 아름다이 피어

나는 한 송이 연꽃'처럼 평범하고 진부한 속세에 살면서도 거기에 타협하거나 매몰되지 않으려는 '처염상정處染常淨'의 정신의 뒷받침이 필수적이다. 만일 그렇지 않다면 그런 그의 신념과 주장은 한낱 실속 없는 구호나 자칫 현실세계와 무관한 공리공담空理空談에 그치기 십상이다.

2. 상처는 어떻게 사랑이 되는가?

그대는 홀로 어디쯤 닿아 있는가?
훨훨 버리고 떠난 그대가 남겨둔 솔바람 소리
저 단애를 비껴간 세월은 아직 눈썹달마냥 남아 있는데
흩어지는 눈발을 뒤로하고
그대는 오늘도 어느 길 위에서 뒤척이는지
세상 어느 것에도 물들지 않는 물염적벽에
그대는 칼끝을 세워 청풍 바람 소리를 새기고
쇠기러기 떼 지어가는 새벽하늘
강물은 굽이굽이 떠나간 그대 흰 옷자락을
혼신의 힘으로 붙들고
멀리 하나둘 등불 켜진 마을
언 강둑 위로 맨발을 끌고 가는

그대의 마지막 잔기침 소리가 들린다.

—「물염정에 가서」 부분

전남 화순면 이서면 소재의 '물염정勿染亭'은 이름 그대로 "세상 어느 것에도 물들지 않"으려는 의지가 담겨 있는 정자의 하나다. 그런데 이는 하나의 의지나 소망일 뿐, 말 그대로 어느 곳, 어느 자리에 처해 있어도 한 송이 연꽃처럼 온갖 탐욕과 욕망에 물들지 않기란 그리 쉽지 않다. 어떤 직위나 처지에 있더라도 "그대가 남겨둔 솔바람 소리" 같은 맑고 향기로운 정신을 지켜내기 위해선 "혼신의 힘"으로 스스로의 욕망을 제어하고 "붙들"려는 자기수양과 절제력이 요구된다. 더욱이 때로 "맨발"로 "언 강둑 위"를 걸어가는 것처럼 그야말로 "칼끝을 세워 청풍 바람 소리를 새기"는 작업과 비견할 수 있는 지사적인 선비의 "길"은 높은 도덕성과 자기만의 윤리를 요구하는 까닭이다.

달리 말해, "가난한 세월에도 물들지 않는/물염勿染의 시" 또는 "한줄기 아침 햇살, 붉은 저녁노을"의 "언어"는, 그저 "밤하늘의 별빛과 들판의 바람 소리"와 같은 자연적인 서정을 "빌"리는 것에서만 오지 않는다. 슬프게도 그것들은 "어린 풀벌레와 짐승의 피울음 소리"와 같은 깊은 연민과 고통과 함께할 때 온다. “어두워지는 숲속”을 “날아가는 산새들이 불러주는 노래”가 다름 아닌 저마다의 “상흔傷痕”(「물염의 시」)인 것처럼 비록 더럽고 혼탁한 세상사 속에서도 항상 청빈하고 단정한 삶을 유지하려는 각고의 인내와 노력을 동반할 때 다가온다.

나종영 시인의 또 다른 관심사의 하나인 ‘상처’와 ‘사랑’은 이와 무관하지 않다. 먼저 그가 지속으로 관심을 표명하는 “상처”는 일단 “작은 풀 이파리만 한 사랑 하나”를 “받”기 위한 필수조건이다. “곧” 그에게 “사랑”은 “상처”(「노랑붓꽃」, 『나는 상처를 사랑했네』)의 부산물이자 전리품이다. 즉 그에게 “누군가를 지극히 사랑한다는 것”은 어쩔 수 없이 “서로를 얽매”고 구속하는 것으로서 분명 “다른 누군가에세는 상처를 주는”(「메꽃을 위하여」) 행위다. 마치 “붉으디 붉”은 “물속에 비치인 단풍나무”처럼 “속 깊”은 아픔이나 상처 없이 “푸르다가 붉어지”는 “한 생애”(「백양 단풍」)의 극적 전환 또는 생의 비약으로서 ‘사랑’을 획득할 수 없다.

> 꽃은
> 이 세상의 모든 꽃들은
> 상처의 다른 모습인지도 모른다

꽃은
꽃잎의 이면에 비밀스레 감추어진
눈물샘과 아린 상처로 인해
꽃들은 더 아름다운지도
모른다

상처가 많아야 더 진한 향기를 내뿜는
못난 모과나무도
지나가는 어느 누구도 눈여겨보지 않는
하찮은 고욤나무 한 그루도
지난 시절 정말 눈부신 꽃을 피워냈으리

지금 피어나는 모든 꽃들은
우리가 이겨내지 못한
상처의 다른 표현인지도 모른다
꽃은.

—「꽃은 상처다」 전문

여기서 '꽃'은 꽃식물의 유성有性 생식 기관으로서 그저 아름답고 화려한 것들의 비유가 아니다. 단연 "이 세상"

에 존재하는 "모든" "눈부"신 "꽃들"과 그 "꽃잎"들은 그 "이면에 비밀스레 감추어진/눈물샘과 아린 상처"의 "다른 모습"일 뿐이다. 특히 마치 "상처가 많아야 더 진한 향기를 내뿜은/못난 모과나무"처럼 인간으로서 "우리가 이겨내지 못한 상처"와 인내의 결실일 따름이다. 각기 하나의 펼쳐진 세계의 상징 또는 유일성의 발현으로서 "지금"에 피어난 "모든 꽃들"의 아름다움은 결국 "우리가 이겨내지 못한/상처의 다른 표현"에 지나지 않는다.

'상처'는 어떻게 '사랑'이 되는가? 그의 시에 따르면, 우리는 마치 "상처 깊은 곳에 옹이가 박혀"있는 "나무"처럼 "깊이를 알 수 없는 상처"를 통해 때로 자신의 "심연을 응시"하고 성찰하는 "눈"을 갖는다. 특히 그런 까닭에 우린 "나무의 상처"를 "나무의 눈"이라고 할 수 있으며, 그런 "나무의 눈"을 통해 우린 우리가 받은 모든 "상처의 오랜 고백"(「나무의 눈」)을 보거나 듣는 게 가능하다.

그가 연작시로 선보일 만큼 지속적인 관심을 표명해온 '화해' 문제 역시 이와 무관하지 않다. 그가 볼 때 세상의 온갖 불화와 적대적인 갈등에 직면하여 우선 "기분이 나쁘면 꼬리를 낮추고/두 발 사이에 꼬리를 더 깊이 사려 넣은 개"와 반대로 "기분이 나쁘면 꼬리를 세워 흔드는 고양이 사이에는/화해의 방법이 없다"(「화해에 대하여 1」,

『끝끝내 너는』). 더욱이 "야수의 발톱과 음흉한 흉계"를 감춘 채 "장밋빛 노래를 불러"주거나 "지나간 과거에 대하여/잊어버리자고 달콤하게 속삭"이는 상태에서 진정한 "화해"(「화해에 대하여 2」, 『끝끝내 너는』)란 불가능하다. 하지만 "서로의 밥을 빼앗아 먹지 않"거나 "서로의 희망을 짓밟지 않"는 "개와 고양이"(「화해에 대하여 1」, 『끝끝내 너는』) 또는 "숲속"의 "짐승들"처럼 "서로 몸을 기대며 너른 마음으로" "어우러져 산다"면 서로 간의 "화해"(「화해에 대하여 3」, 『끝끝내 너는』)가 전혀 불가능한 것만은 아니다.

달리 말해, 나종영에게 "존재"하는 모든 "생명 있는 것들"이 오직 자신만을 위한 것이 아니라 "더불어 살아 있"는 것이라면 "나의 존재는 없"는 거나 진배없다. 특히 공동체의 평화와 조화를 위해서라면 차마 "눈을 뜰 수가 없"는 세계의 "눈부심"과 그로 인한 "아찔한 현기증"에 "통째로" "나를 맡길 수밖에 없"다. 무엇보다도 우리가 살고 있는 세계의 "고통"이 "고통인 채로 슬픔"이고 "슬픔인 채로" 모든 "삶의 길 그 자체가 눈부심"이라면, 생의 모든 "상처"(「초록 숲길」)들이야말로 자신과 세계를 살찌우는 부식토腐植土이다. 나아가, 그 상처들이야말로 더 불화하는 세상과 화해하는 거점이 될 수 있다.

그래서일까. 그에게 "자운영 흐드러진 극락강 장암벌판에 서서 보아야 가장 눈부"신 "무등산"은, 우리들 신체 자체의 물리적 위치나 현재적 혹은 과거의 위치와 관계하는 장소만이 아니다. 마치 "어머니 젖무덤 같"기도 하고 "떼주검이 켜켜이 쌓인 커다란/뫼똥 같"은가 하면, 더러 "거대한 신목神木의 뿌리 같"은 형상으로 다가오는 "무등산"(「무등산은 어디서 보아도」)은, 얼핏 서로 어울리지 못할 것 같은 삶과 죽음, 신성과 세속이 어울리며 우리의 실존 자체를 구성하는 연대와 관대함의 장소다. 마치 "어둔 산그늘에 퍼지는/저 환한 빛" 같은 "붉은 동백"꽃처럼 "남몰래 삼키며 흘리는 눈물 몇 사발"과 "꽃눈 틔우는 봄비"가 함께 뒤"섞여"(「저 환한 동백」) 우리에게 끊임없이 존재론적 질문을 던지는 지리적 거점으로 작용하고 있다.

굳이 '무등산'이 아니라고 해도 좋을 것이다. 이제 그에게 제주 "한라산"의 "사려니숲길"(「산전山田에 와서」)이나 "한날한시"에 "온 동네"가 "떼 제사 지내는" "구례 산동"의 "산수유마을"(「산동」)은 왜 자신이 다른 곳이 지금 여기에 살고 있는가, 하는 관계론적 질문을 던지는 장소다. 나아가, 쿠데타군이 "혁명은 심장에 깃들어 있다"고 외친 "시인"을 무참히 학살한 "미얀마"(「미얀마 시인 켓 띠에게」)나 "꽃다운 스물일곱"의 "젊은 철학도"가 숨진 이란의

"테헤란의 중심가 카레가르 거리"(「네다 아가 솔타니」)라고 해도 마찬가지다. 멀고 가까움을 떠나 '무등산'을 비롯한 모든 생의 장소는 "생사람의 신음 소리"와 그 반동으로서 "온몸에 퍼지는" "첫사랑"처럼 "그립고 그리운"(「여수」) 장소의 정령(genius loci)이 살아 있는 곳이자 그에 대한 실존론적이고 도덕적인 의미를 묻는 존재론적 지리학의 출발점이다.

3. 역사적 심연의 표상, 「눈길」

그의 대표작이면서 역사적 서정 또는 서정의 역사화라고 해도 좋을 시 「눈길」은 여기에서 탄생한다. 인간의 숨결이 밴 모든 장소는 각자에게 강렬한 존재감을 심어주면서 새로운 형태의 이타성과 연대로서 역사적 공동체의 구성을 보증하고 다시 거기에 의미를 부여하는 현장이 된다.

아무도 가지 않는 눈길을

차마 가지 못합니다

짐승의 발자국도 묻혀버린 설원에

외로운 발걸음 하나 내디딜 수가 없습니다

모든 길이 사라지고

하얀 깃발처럼 스스로 뒤집어 펄럭이는 길이

역사 앞에 저리 눈부실 수가 없습니다.

―「눈길」 전문

여기서 "아무도 가지 않는 눈길"은 주체의 인식능력을 훌쩍 뛰어넘는 불가사의하며, 그러기에 표현 불가능한 숭고한 자연물에 그치지 않는다. 그저 아름답고 평탄하게 비칠 수도 있는 '눈길'은 자칫 그 길을 인간이나 "짐승의 발자국도 묻혀"버릴 만큼 큰 구멍과 무서운 심연을 감추고 있는 어떤 세계[Mundus]를 가리킨다. 그래서 더욱 "외롭고 발걸음 하나 내디딜 수가 없는", 그 어떤 외부의 틈입도 허락하지 않는 신성하면서도 두려운 길의 하나다. 장엄하고 신비한 한낱 자연을 넘어 그 자체로 살아 있는 어떤 대상이 바로 '눈길'이다.

"모든 길"을 "사라"지게 만드는 힘을 갖고 있기도 하는 '눈길'은 마치 각기 눈송이들처럼 무언가 차이나는 것들을 무한히 자기 속에 포괄하면서 형성된다. 그러면서 동시에 무차별적인 평등이 아니라 모든 것을 영화零化시키는 존재론적이고 실존적인 평등을 실현한다. 나를 타인과 세계에 연결하는 형제애적 관대함 또는 나를 포함한 모든 형태하의 보편적인 이타성을 발현하는 상징체가 '눈길'이다.

마치 "하얀 깃발처럼 스스로 뒤집어 펄럭이는" '눈길'의 도약의 순간은 그렇게 일어난다. 본질적으로 주어진 세계의 무화無化를 통해 이미 존재하는 있는 세계의 마디로서 "역사", 그러나 자유와 운명, 인간과 자연, 유한과 무한에 하나의 방향성을 부여하면서 그걸 현실로 구성하는 근원적인 도약점이자 공동체의 광장으로서 "역사 앞"에 '눈길'은 "저리 눈부신" 그 무엇이 된다. 눈 덮인 벌판을 의미하는 "설원雪原"이자 누군가 우리를 지켜보거나 비춰 보는 역사적이고 공동체적 '시선視線'이 겹쳐 있는 게 '눈길'이다.

4. 서정의 칼을 찬 선비 시인

다시 강조하지만, 나종영 시세계 속엔 의식적이든 무의

식적이든 자신에게 내재한 윤리를 회복하고 극대화하면서 기꺼이 그걸 세상의 가난하고 억압받는 민중과 함께하고자 하는 유교적 선비의 자세가 엿보인다. 특히 그러면서 더욱 "낮은 데로 낮은 데로/내려오는(「하심下心」)" '하심'을 통해, "아름다운 세상"을 향해 모두가 "손잡고 함께 나아가는" "오늘"(「오월은 바로 오늘이다」)의 세계를 꿈꾸는 자의 고뇌가 짙게 배어 있다. 혹은 기꺼이 "나를 버리"거나 "모든 것을 다 비우는"(「직소폭포」) 행위를 통해, "우리의 역사"에 "진실의 시를 새기고 또 새기"(「오늘 역사를 빼앗긴다 해도」)고자 하는 시인적 고투가 전면에 흐른다.

나종영 시인의 시 정신을 움직여가는 선비정신이 과연 오늘날에도 유효할 것인가? 혹자는 그에 대해 시대에 뒤떨어지거나 부직응한 인간상이 아닌가 하는 일단의 회의와 의심의 눈초리를 보낼지도 모르겠다. 하지만 억제와 절제를 모르는 근대적 행동주의 또는 기도주의적企圖主義的인 사고관이 더 극심한 불안과 갈등을 야기한 측면이 있다면 근본적으로 자신의 욕망과 이기심을 최소화하는 청아한 인품과 겸손을 기본으로 하는 전통의 선비정신은 오늘날에도 버릴 수 없는 생활도덕의 하나가 될 수 있다. 특히 스스로 천지자연의 일부로 여기면서 자연을 함부로 개발하지 않은 채 서로의 인격을 존중하며 끊임없이 배우고 익히기를 게을리 않았던 선비정신은 경우에 따라 우리가 오늘날에도 이어가야 할 소중한 시민적이고 문화적인 정신적 자산이 아닐 수 없다.

언젠가 내가 돌아가야 할 그런 무등산하 광주에는 "평평한 무논에 출렁이는/넉넉한 옛 마음"(「옛 마음」)을 가진 '나종영 형님'이 산다. 연전에 돌아가신 '어머니'를 못내 떠나보내지 못한 채 '감자꽃'과 '뒤란', '꽃밭'과 '강설降雪', '회산방죽'과 '찔레꽃' 속에서 그 어머니를 찾은 효심 지극한 '선비 시인'이. 언제나 가난하고 소외된 이들에게 너그러우면서도 불의에는 한 치의 타협도 없는 서정의 칼을 찬 그가 벌써 일흔의 나이가 되었다니! 실로 그 사실이 믿기지 않는다. 대신 등단한 지 사십 여년의 세월이 넘었음에도 겨우 세 권의 시집을 상재할 만큼 염결한 그와 함께 하면서 나눴던 수많은 대화와 술자리가 주마등처럼 스쳐간다. 특히 얼큰히 취하면 밤늦게 전화를 걸어와 동석한 선후배들의 목소리를 들려주거나 직접 통화하고 했던 그리움의 시간들이 파노라마처럼 되살아온다.

"낯설다는 말이 낯설" 만큼 받아들이기 힘든 "고희"의 나이는 그의 말대로 "다시는 올 수 없는 세월"이자 "다시 만날 수 없는 이별"의 시간이기도 하다. '무엇이든 하고 싶은 대로 하여도 법도에 어긋나지 않는다七十而從心所

欲不踰矩'라는 말이 있듯이 또 다른 한편으로 일흔의 나이는 "비로소/무지개꿈을 꾸는 천진난만天眞爛漫"의 "일곱 살 어린아이"(「고희古稀」)로 되돌아가는 시간일지 모른다. 알게 모르게 그의 의식을 짓누르고 있었을 선비적 이상의 추구에서 오는 무거운 책임감과 무언의 압박감을 가벼이 벗어던진 채, 마치 어린아이처럼 스스로가 입법자가 되고 명령자가 되어 제 스스로의 의지를 제한 없이 관철해가는 전환점임이 분명하다.

나는 그렇게 믿는다. 그야말로 앞으로 그에겐 선악과 미추의 피안에서 새로운 미래의 인류적 가치를 창조하는 "저 거칠 것 없는 맹금猛禽의 여유" 혹은 "질풍노도의 독행獨行"(「솔개」) 시인으로 돌아가는 유적流謫의 시간이 그를 기다리고 있음을.